貴公子アルファと愛されオメガ

〜運命の恋と秘密の双子〜

Tsukasa Kugimiya
釘宮つかさ

CHARADE BUNKO

Illustration

八千代ハル

CONTENTS

*

街の片隅に立つ小さな家に、今年も薔薇《ばら》の季節がやってきた。

凜音《リオン》たち親子三人の住まいであるこの瀟洒《しょうしゃ》な造りの借家は、少し広めの庭がついている。そこには引っ越してきた当初からたくさんの薔薇が植えられていた――以前住んでいた、思い出深い家と同じように。

庭を囲む生け垣や入り口のアーチには、それほど手をかけてはいないというのに、すでに小さめの白い薔薇が数え切れないほどの蕾《つぼみ》をつけ始めている。

曇り空の多いこの地に、一年で一番美しい季節が到来する。この蕾たちがもうじき花開き、満開になるだろうと思うと、毎朝家を出るのが楽しみになった。

「ルイス、もしよかったら、少しママが手伝おうか？」

玄関扉の小窓から外を覗《のぞ》きながら、凜音・エヴァンズはさりげなく我が子に声をかける。

しゃがみ込んで靴を履こうと格闘しているルイスは、三歳になったばかりの男の子だ。口を引き結び、淡い色の金髪を揺らしてぶるぶると首を横に振る。

「ミアが自分ではけたから、ぼくもはくの」

「かかとに指をいれるとね、すぐはけるのよ」

先にさっさと靴を履き終えて隣にしゃがんでいるミアは、ルイスの双子の姉だ。出かける準備万端のミアは、本音では早く行きたくてうずうずしているけれど、それでも決して弟を急《せ》かそうとはしない。

ミアは凛音に似たようで、さらさらの黒髪をしている。

二人は、凛音が十九歳のときに産んだ双子だ。二卵性である姉弟《きょうだい》の見た目は、まったく似ていない。

少しだけミアのほうが成長が早く、なんでもできてしまう器用な子で、のんびりしているルイスは何事にも時間がかかりがちだ。だが、おませで世話好きなミアは嬉々《きき》として弟の手伝いをしてくれて、ルイスはその助けに甘えつつ、ミアと並ぼうといつも一生懸命なので、喧嘩《けんか》になることはほとんどない。

仲良しな双子のやりとりを微笑《ほほえ》ましく見守っているとき、凛音の脳裏には、双子の父親である男の顔がよぎることがあった。

——世の中の人間には、男女の性別に加えて、第二の性別が存在している。

百人に一人程度の確率で誕生するのが、あらゆる才能に優れたアルファ。

そして、男性のうち一万人に一人程度生まれるオメガは、女性を孕《はら》ませる能力を持たず、その代わり男と性交することで子を宿せる体を持っている。強烈な発情に悩まされるものの、アルファの男と番《つが》った場合に限り、極めて優れた子が生まれるという不思議な存在だ。

それ以外のほとんどの者は、ごく平凡なベータだ。

出生時の検査ではわからないことも多いそうだけれど、未熟児をギリギリ回避する体重で生まれた凜音の双子は、詳細な検査を受けた結果、すでに属性が判明している。

ミアがアルファ、ルイスはオメガだ。

誕生後に双子の属性を医師から聞かされたとき、凜音は驚きを隠せなかった。

双子の父はアルファだった。

そして凜音は、ベータから変化した珍しいオメガだ。

オメガは両親の組み合わせにかかわらず誕生すると言われているが、アルファとオメガの両親の間に授かる子供は、多くの場合、アルファになると聞いていたからだ。

過去には、抑え切れない発情によって近くにいる者を誘惑すると言われて、オメガは迫害を受けた歴史もあったそうだが、それはすでに昔の話だ。

昨今では法律が整備され、第一の性別が同性同士でも結婚できるし、第二の性別がどの属性であっても、差別をすることは固く禁じられている。

凜音も定期的に発情を抑える注射を打っているが、専門的な研究が進んでよく効く薬が開発され、注射や飲み薬などで、オメガやアルファの発情は事前にほぼ抑えられるようになっている。そういった薬のおかげで、オメガが発情したときのフェロモンで他者が惑わされる事故も激減し、偏見の目もない。

ルイスたちが成長する頃には、さらに生きやすい世界になっていることだろう。

双子の容貌は、ミアは凜音に髪だけではなく目の色も面立ちもよく似ている。そして、ルイスは凜音の恋人だった男に瓜《うり》二つである。

まさかこんなにそっくりになるなんてと、二人を眺めながら、凜音は遺伝子の不思議さを思う。

だが、きっと成長すれば、今はそれぞれが両親によく似たこの面影も薄れていくだろう。見た目や属性がなんであっても関係はない。二人とも、命をあげても惜しくないほど愛《いと》しい、凜音の大事な宝物だ。

「はけた！」

足をうまく入れられず、もぞもぞしていたルイスが、パッと顔を輝かせる。

凜音はミアと揃《そろ》ってぱちぱちと拍手をした。

二人に揃いの帽子を被《かぶ》らせると、「行ってきます」と誰もいない家に声をかけて鍵を閉める。

薔薇の咲き具合を確認しながら庭を出て、三人で手を繋《つな》いで歩く。

お気に入りの犬がいる家や、可愛《かわい》い造りの家など、二人はあちこちに寄り道したがる。どうにか宥《なだ》めながら、双子を徒歩で二十分ほどのところにあるナーサリースクールに送り届けるまでが、朝の戦争の時間だ。

「おはようございます、リオン、ミアとルイスも」

「『リリーせんせいおはよう!』」

双子は揃って先生に挨拶をしてから、凜音の手を引っぱる。

凜音がしゃがむと、「リオン、お仕事がんばってね」とミアが言い、頬にキスをしてくれる。

ルイスは「ママ、いってきます」と舌足らずに言って、むぎゅっと首に抱きつく。

二人は手を振って、大好きな先生のもとに元気よく駆けていく。

笑顔で手を振り返してそれを見送ると、一つ肩の荷が下りてホッとする。

凜音は一人になると、ここからさらに徒歩で十分ほどの場所にある職場へと向かった。


街の中心部から少し離れたプリンセス・ビクトリアロードを進む。いくつも並ぶ店の中で、窓枠が緑色に塗られた雑貨店の扉を開ける。

『Ｈａｒｖｅｓｔ《ハーベスト》 Ｌｉｆｅ《ライフ》』という看板がかけられた店の奥のテーブルでは、車椅子に座った白髪の男性がティーカップを手にしているのが見える。

「おはようございます、ジャクソンさん」

声をかけると、彼はいつも新聞を読んでいるタブレットから顔を上げて微笑んだ。

「おはよう、リオン。今日もよろしく」

そう言って、ジャクソンは凛音のカップにも紅茶を淹《い》れてくれる。バッグをカウンター裏の棚に置き、店名入りのエプロンをつけてから、礼を言って凛音はありがたくカップを受け取った。

ここは、ロンドンから電車で一時間半ほどの場所にあるブリストル郊外の街だ。凛音は双子をナーサリースクールに送ったあと、週三日ほど、街中にあるこの雑貨店で働いている。

国内外から仕入れた少し洒落《しゃれ》た日用品を取り扱っているためか、近くの量販店に比べると少々価格が高めなので、いつも客はそう多くはない。

朝からと夕方からに分かれて、今は五人のバイトで店を回しているが、全員子持ちか家族やペットの介護をしたりと、フルタイムで働くことが難しい者ばかりだ。それを承知の上で雇用しているので、急な休みのときは、通りの並びでスーパーを経営しているジャクソンの甥《おい》が代わりに店番をしに来てくれる。そのおかげで何かあっても休みやすくてありがたい職場だ。

この国では十年ほど前に同性婚が正式に認められるようになった。オーナーのジャクソンはオメガの男性で、同性であるアルファの男性と制度導入後間もなく結婚した。長年ともにこの店を切り盛りしてきた二人は、以前は世界中を巡って旅行がてら仕入れをしていたそうだ。だが、数年前に伴侶が亡くなり、ジャクソン自身も悪くしていた膝の手術をしたあとは、仕入れが難しくなった。今は車椅子生活なので、つき合いのあるバイヤーに仕入れを頼み、店の仕事も馴染《なじ》みの顧客対応以外はバイトに任せている。

ジャクソンは『体を起こせなくなるまでは店をやりたい』と言って、自分の手足となって店で働く者に感謝してくれる。そんな彼は、バイトの凜音たちが出勤すると、いつもこうして美味《おい》しい紅茶を淹れてくれるのだった。


午後を過ぎて、凜音のシフトの終わり時間が近づいた頃、交代で入るメアリーがやってくる。

凜音と同じように出勤時間より少し早めに来て、奥の部屋にいるジャクソンに挨拶し、彼が淹れてくれた紅茶を飲んでから、メアリーは店に出てきた。

「ねえねえリオン。さっき買いものがてら寄ったカフェで知り合いの店員さんから聞いたんだけど、近くに大型のホテルを建てる計画があるみたいね」

「ホテル？」

交代の前に、レジの釣銭を確認していた凜音は驚きに顔を上げた。

ブルネットの髪を一つに結んだメアリーは、目を輝かせている。

「ええ、ロンドンから来た土地開発の業者さんがそんな話をしてたみたい。責任者がなんだかとんでもないハンサムだったたって、カフェの店員の子たちみんなはしゃいでたわ」

へえ、と思う。もう何年も色恋沙汰とは縁遠い暮らしを送っているせいか、そう言われても凜音はあまり興味を惹《ひ》かれない。

しかし、エプロンを身に着けながら、おしゃべり好きなメアリーは気づかずにどんどん続ける。

「ホテルの建設ってどのくらいかかるのかしらね。あ、場所はクリフトン吊り橋の南側だって」

すぐ近くを流れるエイボン川を抱く渓谷には、立派な吊り橋がかかっていて、そばにはあたりを一望できる展望台もある。

近所では最も知られた観光地ではあるものの、この橋を見るためにわざわざ遠方から観光客が集まってくるほどかと言われると悩ましい。

「吊り橋の東側にはもう立派なホテルがあるし、そんなにたくさんお客さん来るのかな」

「どうかしらね。でも、なんにせよ、働けるところが増えるのはありがたいわ。本当に新しいホテルが建つなら、ぜったいにうちの子たちを面接に行かせなきゃ。とりあえず、学校とアルバイトをこなしてるけど、あとはぼんやりゲームばかりやってるから心配よ。親がいつまでも生きてるわけじゃないんだからねえ」

ため息をつくメアリーは、どうやら息子たちの就職先として、大型ホテルの計画を歓迎しているらしい。

確かに、一軒ホテルが建つとなれば、多くの雇用を生み出すことだろう。

四十代のメアリーには三人の子供がいるが、皆すでにハイスクールやカレッジに通っていてほとんど手がかからない。その反面で、近頃は子供たちの学費と食費が大変だと悲鳴を上げているので、それを聞くたび凜音は、自分もいつか双子の成長にともなって同じ悩みにぶつかる覚悟をして、気持ちを引き締めている。

大型ホテルの建設計画があるという吊り橋からこの店までは、徒歩で十五分ほどだ。ホテルが完成すれば人の往来が増えて、必然的に、雑貨店の売り上げ増も見込めるかもしれない。

実現したら、きっとティールームもできるだろう。皆で茶を飲みに行こうなどと話しながら、凜音はメアリーと店番を交代する。エプロンを外して店を出ると、急いで近くの店で食材の買いものを済ませ、双子のお迎えに向かった。


「ママ！」

ナーサリースクールに迎えに行くと、双子はすぐに凜音を見つけ、走ってきて満面の笑みで抱きついてくれた。子供たちと手を繋いで、凜音は日暮れ前には家に帰る。

夕食は、叶《かな》えられる限り、双子のリクエストを聞くことにしている。昨日はミアの好きなピザをテイクアウトしたので、今日の夕食はルイスが食べたいと言ったコテージパイを作り、ボイルしたカラフルな野菜を添える。

食べ終えた双子の腹がこなれたところで、お次は風呂だ。

仲良しな二人は、風呂のときだけは頭に血がのぼるのか、はしゃいで喧嘩をすることがあるのが困りものだった。

「ほら、ミア、ルイスにシャワーをかけないで」

「ルイス、おもちゃは投げないで、ゆっくり置こう」

凜音は服を着たまま、洗い場に座って双子を見守る。バスタブの中で子供たちが体を洗うのを見届け、洗い足りないところを綺麗《きれい》にしてやってから、一人一人の髪を洗う。

逃げようとする双子を捕まえ、どうにか体を拭いてパジャマを着せ終わる頃には、凜音がいちばんぐったりしている。

ナーサリースクールでたくさん遊んだおかげか、双子はどちらも寝つきがいい。子供部屋のベッドにもぐり込むなり、少しもぞもぞしたり、凜音に何かお話ししてとねだったりしているうちに、あっという間に眠りに落ちてしまう。

ホッとして、凜音はすやすやと眠る二人の健やかな顔をしばらく眺めた。

（……二人とも、ここのところ、だいぶいろんなことができるようになってきたな……）

こんなふうに全身全霊で甘えてくれるのは、あと何年だろう。

とはいえ、まだまだ親の手が必要で目が離せない。寂しがるのは少々早いかもしれないと苦笑する。

それぞれの額にキスをすると、凜音は音を立てないように子供部屋を出た。


双子が寝つくと、書斎に入ってラップトップを開く。

ここからは、二つ目の仕事の始まりだ。

(この人の詩、やっぱりいいな)

届いていたメールに添付されていた詩を何作か読んで、思わず頬を緩める。

凜音は、長くつき合いのあるエージェントから仕事をもらい、雑貨店のバイトの他に家では文章を書く仕事をしている。内容は、小説の執筆が主だが、他にも出版社が運営する詩のWebサイトに投稿された詩を講評したり、自分でも新作を書いて載せてもらったりもしている。

届いていたのは、投稿された詩の中から、Web掲載が決まった数作だ。中でも、定期的に投稿してくるとある人物の詩に、凜音は注目していた。

その投稿者は、いつも愛や絶望、救いなど、根源的でシンプルなテーマについて綴《つづ》っているのだが、言葉選びがとても美しい。韻を踏むのも巧みで、たくさんの中世詩を読んでいることが伝わってくる。きっと、凜音と同じ詩人が好きなのだろう。

一作ずつ、できるだけいいところを見つけ、心を込めて講評を書いたが、お気に入りの投稿者についてはつい熱の籠もった感想になってしまった。もしかしたら、ペンネームを隠したデビュー済みの文筆家なのかもしれないとすら思う。来月も送ってくれたらいいのだが、と考えながら、講評をまとめて編集者にメールを返送する。

詩の仕事が終わると、今度は自分の作品に取りかかる。今執筆している小説の内容は、古典文学風のファンタジーだ。前作も同じ系統の本だったが、子供でも大人でも読める話なので、幅広い層に手に取ってもらえているらしい。

ありがたいことに好意的な読者がつき、熱心に応援してくれているおかげで、次はシリーズものをと出版社から依頼をもらえた。

凜音は昔から本を読んだり、文章を書いたりするのが好きで、十代の頃から雑誌に詩を投稿していた。

だが、早々に現実を知り、中世ならともかく、現代では詩で食べていくなど到底不可能だということを悟った。

そこで、子供ができたとわかってから、子育てをしながら少しでも稼げるような仕事をと模索していく中で、小説を書いて暮らしていくことを目指すようになった。

最初のうちは、どんな企画書や仕上げた小説を送っても、どのエージェントにもさっぱり相手にしてもらえなかった。

凜音は策を練り、名の知れた物語の結末のその後を妄想し、続きを書いてWeb連載を始めた。

著作権が切れた著名な作品のその後だから、元の話は、世界中の誰もが知っている。継続していると、気に入ってSNSで宣伝してくれる人が出てきて、じょじょに読者が増えていった。双子を産む少し前に、知り合いの編集者から、この話を出版しないかともちかけられ、いつしかそれまで取引のなかったエージェントからも、企画の返事をもらえるようになった。

それをきっかけに名を知られ、年に何冊か本を執筆させてもらえるようになり、今ではどうにか子供たちを育てていけるくらいの収入を得られるようになっている。

収入の割合は、小説がほとんどで、アルバイトの給料は微々たるものだ。詩に関してはほとんどボランティアだけれど、つき合いのある編集者が運営していて、たまに他の仕事ももらえたりするので、損得は関係なく趣味の一環として続けさせてもらっている。

執筆の仕事はいつなくなるかわからない。だから、今は週三日、雑貨店の仕事で外の世界と関わりを持ちながら、主たる収入を執筆で稼いでいる。いつ、どちらの仕事がなくなっても双子を育てていけるように。それが、現状の自分にとって最善の方法だと思う。

これから成長する双子のことを思うと、お金はいくらあっても足りない。凜音は収入の半分以上を貯金して、自分のものはできるだけ買わずに切り詰めた暮らしを送っている。

それは、親が一人しかいなくとも、子供たちに自由な進路を選ばせてやりたいからだ。

凜音は、赤ん坊のときに養護施設の前に置き捨てられていたそうだ。その後、引き取ってくれた養母のアビゲイルのもとでたっぷりと愛情を注がれて、幸せに暮らしてきた。

今はロンドンで暮らしているアビゲイルは裕福な貴族の家の出で、双子を授かった凜音にもとても協力的だ。凜音が双子を育て上げるまで困らないくらいのお金はあるから、何も心配はしなくていい、困ったら、いや、困らなくとも、いつだって仕送りをするし、手伝いに行くからと言ってくれている。養母の気持ちはありがたいが、自分も親になったのだから、いつまでも彼女に甘えてばかりではいけない。

いつか、ミアとルイスが大人になったときに、子供たちに恥じない生き方をしていたい。

愛する二人の子供を、この手で無事に育て上げること。

それが、今の凜音の一番の目標だった。

凜音はいつものように雑貨店に出勤し、一人で店番をしていた。

ごくたまに、近所のスーパーと量販店が閉まっている日は混むこともあるけれど、それ以外の日は、いちどきに訪れる客は多くて数人だ。

今日は天気が良く、窓ガラス越しに陽光が差し込んでいる。水をあげながら確認して回ると、あちこちに置かれた背の高い観葉植物もたっぷりとした日の光を浴びて心地よさそうだ。

午後の店内には穏やかな空気が流れている。

昼過ぎは特に空《す》いていて、今は客が二人しかいない。

日中はだいたい裏の部屋にいるオーナーのジャクソンは、今日は脚の通院日で留守にしている。もうじき戻るはずだ。

そろそろここで働き始めて二年になるけれど、凜音は彼が苛々《いらいら》したり怒ったりしたところを見たことがない。クリスマスにはボーナスの金一封と、子供たちへのプレゼントまで用意してくれる優しい人だ。

この店の仕事を通した人々との関わりは、他に知り合いのいない街で暮らす上での大きな助けとなってくれている。

「十六ポンドになります」

観葉植物のポットを二つ買い求めた常連客と談笑しつつ、凜音は会計をした。

他に会計に並ぶ客はいないので、しばし雑談をする。話題はいつも、天気の話や近所の店のお得なセール、それから王室のゴシップなどといったとりとめのないものだ。

彼女は目下、乳児の世話に奮闘中らしい。ベビーシッターがいてくれる間に少し気分転換で買いものに来ているそうで、「大人と話したくて」と照れながら、凜音がレジにいるとこうしてあれこれと話しかけてくれるのだ。

ささやかなおしゃべりは、凜音にとってもいい息抜きになる。

両手が塞がっている女性のために、凜音はレジカウンターを出ると、入り口の扉を開ける。

「いつもありがとうございます、いい一日を」

「ありがとう。リオン、あなたもね」

軽く手を振って去っていく彼女を見送ってから、扉を閉めようとしたときだ。

「――リオン？」

遠くからかけられた声に、体がびくっとなった。

聞き覚えのある声に思えて、まさかと思いながら、おそるおそる凜音は振り返る。対照的な服装をした二人の男がこちらに向かってくるところが見えた。

「あれ、知り合いなんですか？」

日焼けした顔で一方の人物に訊《たず》ねる大柄な男は、ジャクソンの甥のイーサンだ。Tシャツにエプロン姿なので、おそらくはスーパーの仕事を抜けてきたところだろう。

「ええ」と短く答えるもう一人の男に、凜音の目は釘づけになった。

見るからに仕立てのいいスーツを着たその男は、郊外の小さな街にはそぐわない。都会からやってきたことが、言われなくとも見て取れる空気を纏《まと》っている。

軽く整えた淡い色の金髪に、透き通るような青い瞳。

その目は凜音をまっすぐに射貫《いぬ》いている。

なぜ彼がここに、と凜音は内心で激しく動揺していた。

イーサンは、それ以上詳しく説明する気はないというように口を噤《つぐ》んだ男に、少々戸惑った顔をしている。だが気を取り直した様子で、凜音に笑みを向けてきた。

「こんにちはリオン」

「こ、こんにちは、イーサン」

わけがわからないまま、ともかく挨拶を返す。イーサンは幸い、凜音がぎこちない笑みを浮かべていることには気づかなかったようで、いつものようにおっとりとした様子で続けた。

「よかった、今日はリオンの日だったんだね。ああ、こちらはヴァレットさん。ちょっと君に頼みたいことがあるんだよ」

（……頼み事？）

イーサンと話す間も、もう一人の男――ディランは、ひとときも逃さないというように、凜音から視線を離さずにいる。

――ディラン・ウィリアム・ルイス・ヴァレット。

以前は、穏やかで優しげな雰囲気の持ち主だった。四年もの歳月が経《た》ったせいか、今は大人びて、圧倒的なアルファの気配を纏わせている。

ディランは、ミアたち双子の血縁上の父親だ。そして、その事実を、彼自身は今も知らずにいる。

もう、二度と会えないと思っていた。それなのになぜ、こんなところで再会してしまうのか。

四年前に別れた彼は、凜音の最初で最後の恋人だった。

決して嫌いになって別れたわけではない。だが、にこやかに再会できるような終わり方でもない。

ディランと交際していた当時、凜音は彼と将来を誓い合っていた。

彼は凜音との暮らしを想定し、同棲《どうせい》する家の準備も進めてくれて、何もかもが順調だった――はずだった。

不幸の始まりは、凜音が彼に、ベータからオメガになったと伝えられずにいたことだった。

Harvest Life

そして、子ができることはないだろうという医師の診断を鵜呑《うの》みにして、ディランに抱かれ——思いがけずに双子を授かった。

そのあとで驚愕《きようがく》の事実を知り、悩んだ末に、凜音は苦渋の決断を下すしかなかった。

——彼に別れを告げ、一人で子供たちを育てると。

身を引き裂かれるような思いで決めた別離だったはずなのに。

別れた恋人との予想外の邂逅《かいこう》に、凜音は動揺を隠せずにいた。

＊

――七年前。

「そうだ、リオン。ちょっとお願いがあるの」

夕食の席で養母のアビゲイルからそう頼まれたとき、凜音は悪い予感がした。

いつもならアビゲイルは、ワンクッションなど置かずにどんどん話し始める。

だから、こうして前置きするのは、少々言いにくい話題のときなのだ。

「実は、詩の授業で手こずって困っている子がいるそうなのよ。もしよかったらだけど、ちょっと助けてあげてくれない？」

それを聞いて、凜音の頭の中にまっさきに思い浮かんだのは、『嫌だ』という言葉だった。

知らない子に会うなんて怖いし、面倒くさい。

何より、プライマリースクールであったように、また『黄色い猿』や『ちびのアジア人』などといった侮蔑の言葉をぶつけられるのではないかという恐怖心がある。

だがそれとは裏腹に、口からは何気ないふうを装った「別にいいよ」という返事がすんなりと出た。

テーブルの向かい側には、ふわっとした金髪を一つに束ね、黒ぶちの眼鏡《めがね》をかけた明るい雰囲気の女性がにこにこ顔で座っている。

黒髪に黒い目の凜音とはまったく似ていないが、彼女は凜音の唯一の家族だ。

おそるおそる、といったようにアビゲイルに確認されて、人参《にんじん》を呑み込んだ凜音は「うん」と頷《うなず》く。

「ほんと？」

じゃあ返事をしていいか、と確認されて、凜音はもう一度頷いた。

「あ、でもさ、ホームスクールでしか勉強していない僕でいいの？」

ふと心配になって訊ねると、アビゲイルは目を剝《む》いた。

「もちろんよ！　あなた以上に素晴らしい詩を作れる子なんてどこにもいないわ」

そうかな、と凜音は首を傾《かし》げて小さく笑った。

二人だけのエヴァンズ家の食卓には、凜音お手製の料理が並んでいる。

今日のメニューはローストチキンのクランベリーソースがけに、ボイルした野菜だ。ソースは甘酸っぱくて美味しいし、つけ合わせの人参とカリフラワーはふにゃふにゃにならずにいい歯ごたえが残っている。切り分けたローストチキンはほどよく柔らかい。昨日から仕込んでいたおかげで、なかなかいい焼き加減だと自画自賛した。

──孤児の凜音は、赤ん坊のときに養護施設からアビゲイルのもとに引き取られた。

十五歳になった今は、ホームスクーリングで学びながら、不器用な養母に代わってこの家の家事の大半を担当している。

凛音が学校に行けなくなったのは理由があった。近所の名門プライマリースクールに入学した頃から、急に周囲から浮くようになってしまったのだ。

遺伝子検査によって、凛音の両親は日本人とイギリス人だと判明したと聞いている。そのうち日本人の特徴が強く出たようで、凛音はいかにも見た目が外国人で、髪も瞳の色も真っ黒だ。肌の色は青みがかって見えるほど白く、唇は何も塗っていないのにほんのりと紅い。

可愛い、東洋の人形のようだ、と大人たちからは言われるけれど、同じ人種ばかりが揃った子供たちの目からすると、単純に異質な存在でしかない。

白人ばかりの中で凛音は目立ち、気づけばアルファの虐《いじ》めっ子たちに目をつけられていた。

どこから聞いたのか、彼らは凛音が孤児だということまで知っていて、捨て子だとさんざんからかわれ、ものを壊されたり、突き飛ばされたりした。二年生に進級するまではなんとか耐えたけれど、かばってくれた友達が怪我《けが》をしてしまったことをきっかけに、自責の念からどうしても学校に行けなくなってしまった。

高い入学金を払ってくれた養母に申し訳なかったが、彼女は虐めっ子には激しく憤り、学校に厳正な処罰を願い出たものの、少しも凛音を責めることはしなかった。

通学は諦めたけれど、不幸中の幸いと言える出来事もあった。

アビゲイルが招いた何人かの教師たちの中には、古代詩や中世詩が専門分野の教師がいた。おすすめの詩集や作家を教えられるうち、凜音はいつしか自分でも詩を書くようになった。

編集者として働くやり手のアビゲイルに勧められるがまま、詩の雑誌やＷｅｂの賞に投稿すると、毎年入賞するようになり、最終的には一番大きな賞をとることができた。

それをきっかけに、アビゲイルの仲介で登録したエージェントを通じて仕事の依頼が舞い込み、今では詩人のはしくれとして細々と活動している。

子供の作品だという色眼鏡で見られたくなくてプロフィールを隠しているので、凜音が十五歳の引き籠もりであることは、アビゲイル以外は誰も知らない。

時折雑誌に詩を寄稿したり、依頼を受けたキャッチコピーを書いたりするのはとても楽しくて充実感がある。

自分に自信のない凜音にとって、唯一の誇れる特技だ。

アビゲイルは自信満々に言う。

「あなたにコツを教えてもらえれば、きっとその子も自分で素敵な詩が作れるようになるはずよ」

「そうだったらいいんだけど」

アビーはいつも褒めすぎだと思いながら、凜音ははにかんで言う。

「僕はいつでもいいよ。授業場所は？　うちに来るの？」

少々のやる気を見せた凜音に、アビゲイルはパッと顔を綻ばせた。

「ああ、ありがとう、リオン！　なんて優しい子！」

彼女は大げさに言って席を立つと、テーブルを迂回《うかい》して凜音にがばっと抱きついてきた。

「すぐに予定を訊《き》いてみるわね。きっとディランも感謝するわ」

喜んでくれた彼女にホッとする。内心の葛藤は押し隠して、凜音は笑顔で頷いた。


（詩の授業かあ……）

気が重いけれど、家族の頼みとあっては断るわけにはいかない。

夕食を終えて自室に戻る凜音の後ろを、いつものようにアレックスがついてくる。

大型犬のアレックスはベージュと白の毛色をしたオス犬だ。八年前に保護施設からエヴァンズ家に迎え入れた、もう一人――いや、もう一匹の、凜音の大切な家族だ。

前の飼い主が飼育放棄したそうで、詳しいことは不明なのだが、ゴールデンレトリバーとボーダーコリーのミックスのように見える。今年十二歳になるので人間で言うと初老の域ではあるものの、まだまだ元気いっぱいだ。

仕事が残っているらしく、食器洗い機に皿を入れてセットすると、アビゲイルは急いで仕事部屋に戻っていった。

彼女は自分で興した小さな出版社の社長兼編集者として働いている。気に入った小説家に声をかけ、作品を一冊の本に編纂《へんさん》するまでを手がけたり、インタビューしたりと、なかなか忙しくしているようだ。

それなりに稼いでいるから何も心配はいらないわよ、と言って、何不自由のない暮らしをさせてくれることは本当にありがたい。けれど、できることならもう少し規則正しく暮らして、体のために定期的に休みをとってほしいと凜音は常々思っていた。

自室に入ると、アレックスが先にベッドに跳び乗って『はやくはやく』というようにこちらを見る。凜音は苦笑して、愛犬の隣にころんと横になった。

ふかふかの毛並みを撫《な》でながら、今日頼まれたことを頭の中で考える。

夕食の席で、念のため、どんな子なの？と訊くと、アビゲイルはにっこりして言った。

『真面目《まじめ》でとってもいい子よ。何歳だったかしら、年は確かあなたとそう変わらないくらいだったはずよ。ディランといって、私の古い友人の息子さんなの。母親いわく、成績はそれなりにいいのに、文学にはあまり興味がなくて、先生からいい評価をもらえないって。とりわけ詩だけは本当にからきし駄目で、絶望的な評価をなんとかしたいんですって』

はっきりとした年齢はわからなかったけれど、十五歳の自分に教師役を頼むくらいだから、同い年かきっと年下だろう。

アビゲイルは正直な性格なので、駄目な奴を『真面目でいい子』などと言ったりすることはない。とはいえ、子供は大人の前では本性を隠すものだ。

（……気が重いけど、でも、アビーの頼みは断れないから……）

記憶もない両親との繋がりは、バスケットの中に入れられていた日本人ふうの漢字の名前と、それから生年月日のメモだけだ。

もしアビゲイルが引き取ってくれなかったら、凜音は別の里親のもとに引き取られ、おそらくは他の里子たちとともに育てられていた。こんな立派な邸宅で、一人っ子としてのびのび暮らすことなどまず望めなかったはずだ。

アビゲイルの父は男爵位を持つ貴族で、父亡きあと、彼女は爵位を継いでバーナード女男爵となった。

だがその後、急な持病の悪化で母も失ってしまったそうだ。

貴族の家柄にしては珍しくベータのアビゲイルは、何年も前に恋人と別れてから、結婚は考えず仕事に明け暮れてきた。

父に続いて母の葬儀を終えたあと、これから先のことを考えたとき、目の前に現れたのは新しい恋人ではなく、同じように家族を必要としている赤ん坊の凜音だった——というわけだ。

凜音を引き取ると決めると、アビゲイルはロンドンにある立派な邸宅を貸しに出し、子育てしやすそうな土地を探した。そうして、ロンドンから列車で一時間以上かかるここアビントンの街を見つけて、赤ん坊と二人で暮らすには少々広すぎる一戸建ての邸宅を買い、新たな暮らしを始めた。

その後、凜音と同じように、捨てられて動物保護施設にいた四歳のアレックスを引き取り、家はにぎやかになった。

アビゲイルは仕事が忙しいので、凜音が幼い頃は住み込みの乳母が、その後は通いの家政婦が来て世話をしてくれた。家政婦に教わり、凜音の家事の腕はどんどん上達していった。ホームスクールで学ぶことを決めて家にいる時間が増えると、料理くらいはさせてもらわねばと思い、今では週に一度、掃除だけを頼むようになっている。

二人と一匹の暮らしは、そんな感じでなかなかうまくいっていると思う。

最近ではアビゲイルが手がけた本が、新聞社の賞を取るほどのベストセラーになったりもしている。仕事ではなかなかのやり手だが、彼女は家事が大の苦手だ。逆に、凜音は家のことは比較的なんでも得意なので、ちょうどいい組み合わせだった。

（……僕を引き取るなんて、アビーは貧乏くじを引いちゃったよね……）

我が身を振り返ると、凜音は常々養母に申し訳ない気持ちになった。

アビゲイルは、凜音が何かできるようになると、いつも手放しで褒めてくれた。

学校に行けなくなり、家から出なくなった凜音を気遣い、アレックスを迎えようと言ってくれたのも彼女だ。

アレックスが来ると、朝晩の散歩のため、否応《いやおう》なしに外に出る必要ができた。人見知りをせず、誰からも可愛がられる愛犬のおかげで、近所の人たちほとんどと顔見知りとなり、今では毎日声をかけ合う間柄だ。

外の世界に馴染めなかった自分がどうにか暮らしていけているのは、アビゲイルの思い遣《や》りと、天真爛漫《てんしんらんまん》なアレックスの存在が大きい。

養母との間にないのは血の繋がりだけで、凜音にとっては本当の親以上の存在だ。

――アビゲイルがしてくれたことに報いたい。

そのためなら、多少気乗りしなくても、楽しそうに教師役をやらねばならない。

(大丈夫……アビーが人種差別する子を連れてくるわけないし……、それに、たとえうまくいかなくても、一対一なら僕だってなんとかできるはず……)

ぐるぐると不安が頭を駆け巡る。無駄な懸念を消したくて、うとうとしているアレックスを抱き締める。温かな体からは太陽の匂いがして、凜音は次第に落ち着きを取り戻した。

本当は、教師役を引き受けた瞬間に、深く後悔した。

(でも……断ったりしたら、きっと、もっと自分を嫌いになる)

試してもみずに逃げたあとの自己嫌悪に比べれば、これは、まだましな選択のはずだ。

そう自分を叱咤《しった》して、凜音は気乗りしない詩の授業の準備を始めた。

一週間後にディランが来ることになり、凜音は慌てた。

いちおう、自分がこれまでにホームスクールで学んだ詩の知識くらいは伝えられるように復習し、もしもっとレベルの高い詩を求められたときのために、いろいろとテキストを読んで用意する。人に教えるためには、十二分に内容を理解した上で、さらに一歩踏み込んでより深く考えねばならないのだということを知った。新たに学ぶことも多く、凜音はしばしの間、テキスト作りに没頭した。

あれこれと考えながら、教えるシミュレーションをしているうち、意外なことが起きた。鬱々とした気はどこかに消えていき、準備が楽しくなってきたのだ。

授業予定の二日前には、アレックスを丁寧に洗って、新しい首輪をつけておめかしをした。

ハウスキーパーが来る日を変えてもらって、来客のことを伝えて掃除を頼む。ちょうど、庭の白薔薇が咲く季節だったのは幸いで、邸宅の庭は一番綺麗な季節を迎えている。

凜音が家中あちこちのものを動かしたり、絵画をかけ直したりして動き回っているのを見て、「なんだかリオンはうきうきしているみたい」とアビゲイルは微笑んでいた。

「そ、そんなことないよ。ただ、アビーに恥をかかせないようにと思ってるだけ」

誤魔化すようにおどけて言うと「ああ、リオン、私の天使！」と言ってハグしてくれる。誤魔化してはみたものの、張りきっていることは事実だ。前日にはやることがなくなって手持ち無沙汰になり、お茶の時間に出すためのマドレーヌまで焼いてしまった。

久し振りの来客が少々楽しみになってきたのは、変化の少ない暮らしをしているせいかもしれない。自分でも予想外の気持ちだ。

ディランはアレックスと仲良くしてくれるかな、とか、授業は一度だけで終わりなんだろうか、などと考えながら、いつも通りのホームスクールのテキストを進め、Ｗｅｂ講座も受けた。提出物も遅れることなく送信して、夕食も少し豪華なものを作る。

——そうして、準備万端整えて、約束の日の午後がやってきた。

当日は一度、アビゲイルのところにディランから確認の電話が来た。「ディランから。今日伺ってかまいませんか？　って」と言う彼女に、凜音は強張《こわば》った顔でこくこくと頷く。

ディランはアビゲイルの説明通り、本当に真面目で礼儀正しい子らしい。

オックスフォードのほうからバスに乗ってくるというが、バス停はこの家から徒歩五分ほどのところにある。迎えに行ったほうがいいだろうかと訊くと「私もそう言ったんだけど、道はわかるから大丈夫だそうよ」とアビゲイルに言われた。彼は子供ながら、かなり自立心が強そうだ。だが、帰りは送っていってあげなきゃ、と凜音は心に決めた。

約束の時間より少しだけ早めに、玄関のドアベルが鳴った。

窓際でのんびり昼寝をしていたアレックスがむくりと起きて、玄関に向かうアビゲイルについていく。

凜音の緊張はピークに達した。

玄関先で談笑している声が聞こえる。凜音がどきどきしながらソファに座って待っていると、「リオンはこっちよ」と言いながら、アビゲイルが彼を案内してリビングルームに入ってきた。

「初めまして、リオン。ディラン・ヴァレットです」

「あ、は、はじめ、まし、……て」

ソファから立ち上がり、挨拶を返そうとした凜音は、入ってきた人物を見て、思わず固まった。

（……これが、ディラン？）

身長はかなり高い。五フィート五インチ《約一六五センチ》くらいしかない凜音と比べても見上げるほどある。六フィート《約一八三センチ》はあるのではないか。

眩《まばゆ》い輝きを放つ淡い蜂蜜色の金髪と薄い青色の目。作りものめいて見えるほど端整な顔立ちに爽やかな笑みを浮かべている。

清潔感のある白いシャツにジーンズを穿いて、黒のシンプルなリュックを左肩にかけるというごくごく普通の格好だ。それなのに、物腰にはどこか品の良さが滲《にじ》み出ている。

『実は隠し子で血筋は王子です』と言われたら信じてしまいそうだ。

誰もが好印象を持つような青年だが、大いなる問題があった。

彼は、どこからどう見ても、凛音より年下には見えない。十八歳かそこら、もしくは大学生、いや、スーツを着て髪を撫でつけたら社会人にも見えるかもしれないというくらいに大人びているのだ。

しかも、体格の良さ、堂々とした立ち居振る舞い、醸し出す空気が自分たちのようなベータとは異なっている。確認するまでもなく、彼は確実にアルファだろう。

——同い年か年下の、真面目ないい子。

アビゲイルに伝えられて、勝手に頭の中で思い浮かべていたディラン像と、まったく異なる青年がそこにいた。

「最後にエミリアとみんなで会ってから、五年ぶりくらい？　あの頃はまだ今のリオンより小さかったくらいなのに、すっかり背が伸びちゃって、びっくりしたわ！」

「そうだね、本当に久し振りです」

おかしそうに笑うアビゲイルにディランが微笑んで返す。

言葉の通り、口を開けてぽかんとしていたリオンは、ハッとして我に返った。

「あ、あの、アビー」

何がどうなっているのかわからない。ともかく、これは何かの間違いではないのかとアビゲイルに確認しなければ。

しかし、凜音が訊ねる前に、アビゲイルが壁にかかった時計を見て、慌て出した。

「あー！ 大変、早急に確認して送らなきゃいけない原稿があったんだわ。ディラン、ごめんなさいね。リオン、あとで様子を見に来るから、ディランをよろしくね！」

これ、ディランからもらった手土産《てみやげ》、と言って、凜音に紙袋を渡すと、アビゲイルは止める間もなく小走りで仕事部屋に戻ってしまう。

――よろしくも何も。

呆然《ぼうぜん》としている凜音の前で、アレックスが興味深げにディランの長い足に纏わりついている。屈《かが》んでアレックスを撫でながら、「よかったらこの子の名前を教えてもらえる？」と彼が訊いてくる。

「あ、アレクサンダー」

震えそうになる声で正式な名前を伝える。

「いい名前だね」

アレクサンダー、と呼んで、アレックスの頭をよしよしと撫でてから上体を戻すと、彼は小さく苦笑した。

「なんだか、困っているみたいだね」

「い、いいえ、そういうわけじゃ……」

もごもごと事情を話そうとして、凜音はつい口籠もる。

決まった数人の人以外とは、挨拶や世間話程度しかしないから、緊張してうまく言葉が出てこない。あんなに頭の中でシミュレーションしたのにと、自分が情けなくなった。

ともかく「ソファ、どうぞ」と勧めるのがせいいっぱいだった。

すると、彼は礼を言って腰を下ろしながら「大丈夫、わかってるよ」と言った。

凜音が首を傾げると、ディランは肩を竦《すく》めた。

「知らない奴に詩を教えるなんて退屈だよね。だけど、心配しないでほしい。君の時間の邪魔をするつもりはないから。ただ、うちの母とアビゲイルは、それぞれこの授業でいい結果が出ることを期待してるみたいだから、少しだけ話を合わせてもらえないかな」

「……つまり?」

「つまりね、あとで訊かれたら、できれば『ディランへの授業は滞りなくうまくいったよ』って答えてもらいたいんだ」

そう言われて、凜音は再びぽかんとなった。

「俺は小一時間、ここで時間を潰させてもらう。その間、もちろん君も自由にしていてもらっていい。ああ、もしアビゲイルがいきなり様子を見に来てしまったときのために、タブレットとか、ペンやノートなんかを広げておけたらありがたいな。授業をしていたっていうカムフラージュのために」

ディランの説明で、凜音はようやく彼の言いたいことを理解した。

——授業をする必要は、ないのだと。

「わかった……」

ぼそりと言うと、吟味して用意していた資料の本や、一週間かけて詩作りの要点をまとめたテキストなどを適当にテーブルの上に広げる。タブレットを立ててノートを広げ、ペンも置いた。

ありがとう、と礼儀正しく礼を言われて、虚《むな》しい気持ちになる。

「僕、お茶の用意してくる」

凜音は彼の手土産の紙袋を持ち上げて言う。手伝おうか？　と訊かれたので、ぶるぶると首を横に振る。

紅茶か珈琲《コーヒー》かを訊ねたところ、彼が凜音と同じでいいというので、一人でキッチンに向かった。そのあとをアレックスがついてくる。

手土産の中身は、ロンドンで最近人気の店のクッキーだった。電気ケトルで湯を沸かし、用意しておいた一番いい茶葉を出す。タイマーをセットして、ティーポットの中の茶葉を蒸らす間、凜音はぼうっとしてリビングルームに背を向けて立っていた。

足元でおやつを待つようにアレックスがお座りしている。来客に吠《ほ》えもせず愛想を振り撒いて、いい子にしていてくれた愛犬に、棚を開けておやつをあげなくては。そう思うのに、どうしてか体が動かない。

キッチンカウンターの端には、今朝《けさ》、早起きした凜音が庭から摘んできて花瓶に生けた、白薔薇が見える。ちょうど花びらがいい具合に満開だから、リビングルームから見える位置に置こうと思ったのだ。

珍しく来客があると知ると、馴染みのハウスキーパーのアメリアは、張り切って家中をぴかぴかに磨き上げてくれた。

足元には、洗いたてでふわふわの毛並みのアレックスが、おやつはまだ？と言うようなキョトンとした顔で凜音を見上げている。

（……全部、無駄になっちゃった）

抜け殻みたいな気持ちになったが、アビゲイルに悲しい顔は見せられない。

このくらいで落ち込んだりしないぞ、と凜音は自分に言い聞かせる。

ともかく、熱いお茶を淹れよう。そして、用意していたマドレーヌと、持ってきてくれたクッキーを出すのだ。

セットしたタイマーが鳴り始める。止めようとして、凜音が手を伸ばしたときだった。

「――ごめん‼」

突然、ものすごい勢いでディランがキッチンに駆け込んできた。

いきなり謝罪されて、凜音は呆気《あっけ》にとられる。我に返り、急いでタイマーを止めた。

アレックスも驚いたようで、珍しくううう と唸《うな》っている。慌てて凜音はしゃがみ込み、「アレックス、大丈夫だよ」と愛犬を宥める。警戒を解くまで撫でていると、ディランもその場に片膝を突く。

「……もう大丈夫」

落ち着いた愛犬にホッとして言うと、ディランは「ごめんよ、アレクサンダー」と謝りながらアレックスを撫でてくれた。

一匹と一人が仲直りしたところで、ディランが言った。

「さっきは勝手に話を進めちゃって、本当にごめん。まさか、あんなに丁寧にテキストを作って準備していてくれたとは思わなくて……」

彼がテーブルの上に広げてきたテキストを見たのだと気づき、凜音は動揺した。

「だ、だって、困ってるって聞いたから」

「うん、そうだよね。ありがとう。でも俺は、自分が十五歳だった頃のことを思うと、親経由で頼まれて、詩の作り方を教えてもらいに来る奴なんてぜったいに面倒でうんざりだし、適当に済ませて早く帰ってほしい迷惑な存在に違いないと決めつけてたんだ」

本当にごめん、と彼はもう一度丁寧に謝罪する。

「……違うんだ。ディランのせいだけじゃないよ。僕が、自分の気持ちをうまく説明できなかったから」

凜音は言葉を選びながら、必死に言う。

ディランが目を軽く瞠《みは》った。

「だから、とりあえずお茶を淹れながら、ちゃんと言おうって、今、頭の中で考えてたんだ。せっかく来たんだし、一編でもいいから、何か詩を作ってみない？　って」

そう言うと、ディランは「うん」と即座に答えて、それから凜音の手を取った。

驚きで、凜音の心臓の鼓動は跳ね上がった。

彼の手は大きくて、びっくりするほど熱い。

「俺のほうから、改めて頼むよ。どうか俺に、詩の授業をしてほしい」

真摯な目で乞われて、凜音は一気に心臓がどくどくし始めるのを感じた。

さっきまでは混乱していたし、ショックもあったから、彼の顔を見ているようで見ていなかった。

だが、こうしてキッチンの床にしゃがみ込み、間近で顔を突き合わせていると、ディランは目を疑いたくなるほどの美形だと気づく。

髪は黄金色の絹糸みたいだし、目は宝石を埋め込んだように綺麗で、まつ毛は長く……顔の作りといったら、まるで、完璧な黄金比を用いて彫り出した彫刻みたいだ。

綺麗な青年だとは思っていたが、すぐそばで見ても損なわれるところがどこにもないほど端整な顔立ちをしている。

「あ、う、うん、わかった、授業しよう」

しどろもどろに言うと、アレックスが尻尾《しっぽ》をパタパタ振る。

「そうだ、アレックスにおやつあげなきゃ……あっ‼」

凜音は声を上げて、ばね仕掛けのおもちゃみたいに立ち上がった。

「どうしたの？」

「……お茶が濃くなっちゃった」

悲しくなって呟くと、ディランが笑った。

彼はぽんと凜音の肩に触れて、「お湯を足せば大丈夫だから」と言う。彼が茶の濃さを調整してくれている間に、凜音は急いでアレックスにおやつを出した。大好きなジャーキーにがっつくのを見てホッとしてから、マドレーヌを皿に並べ、クッキーの箱を開ける。

「ここも満開だ。着いたとき、庭の薔薇がちょうど見頃で目を奪われたよ」

ティーポットをトレイに載せる彼の目は、凜音が摘んできて飾った白薔薇に向けられている。

「う、うちの庭は、今が一番いい時期なんだ」

少し誇らしい気持ちで言うと、本当だね、とディランが微笑む。その表情を見て、凜音の心の中は光が差したかのように明るくなった。

——マドレーヌを焼いてよかったし、彼を迎える準備をしてよかった。

さっきキッチンに入ってきたときとは打って変わった明るい気持ちで、凛音は皿をトレイに載せた。

二人はダイニングテーブルにつき、向かい合って茶を飲みながら、和解した。

凛音は、さっき言えなかったアレクサンダーのいつもの呼び名を改めて伝えた。

「年は十二歳で、オス。家ではアレックスって呼んでる」

「そっか。アレクサンダーって呼んでも、今一つ反応がなかったのは、いつもの名前じゃなかったからかな」

アレックス、と彼が呼ぶと、ベージュの毛並みをふさふささせてすぐに寄ってくる。ディランと仲良くなってほしくて、今日は特別にもう一つジャーキーを出して、彼の手からあげてもらう。大喜びでジャーキーを食べたアレックスは、すっかりディランのしもべみたいな顔をして、彼の前でお腹《なか》を出してくつろぎ始めたので二人で笑ってしまう。

ディランは凛音が作ったマドレーヌを喜んで食べてくれた。

シンプルな材料しか使っていないごく普通の手作りだが、あまりに褒め称《たた》えてくれるので、くすぐったい気持ちになった。

「もしよかったら、お土産用の分もあるから」

「これ、もしかして君のお手製なの？」

頷くと、ディランは驚き、大げさに感激して、ぜひ持って帰りたいと言ってくれる。彼が持ってきてくれたクッキーはバター控えめの上品な味わいで、こちらもとても美味しかった。

ぽつぽつと話をする。凜音が彼を見たときに驚いていた理由を説明すると、「えっ、アビゲイルは俺の年も伝えてなかったの？」とディランは苦笑した。

どうやら、彼がきっと迷惑だろうと思い込んだのも、初対面の凜音があまりにも彼を見て驚いている様子だったというのもあるようだ。

「母からは、ちゃんと頼んだと言われてたし、当日連絡も入れてOKももらったけど、でも何かまだリオンには話が通ってなかったのかなって」

「ごめん、ちゃんと聞いてたよ。でも、詩が作れなくて困ってるって言うから、来るのは僕より年下の子だと思い込んでいたんだ」

「まあ、それは確かにそうだよね」と言って、紅茶を飲み、彼は笑っている。

「というか、もしかしたら、詳しい事情はアビゲイルが伝えていなかったわけじゃなくて、うちの母がざっくりとしか説明しなかったのかもしれないな。よく言えばおおらかだけど、かなり大雑把な性格の人だから」

彼は年上に〝見えた〟わけではなかった。ディランはなんと、十九歳でオックスフォード大学経済学部一年に在学中の、現役大学生だったのだ。

　――四歳も年上。

　しかも、世界一の名門大学に通っている彼に、引き籠もりの自分がいったい何を教えられるというのか。

「僕が教えてもらうほうならわかるけど……」

　凜音は啞然《あぜん》として言う。すると、ディランは少し言い辛そうにして口を開いた。

「いや、実は恥ずかしながら、詩作りが難航してるっていうのは事実なんだ……リオンは、桂冠詩人《けいかんしじん》っていう称号のことは知ってる？」

「うん。王室で結婚式や葬儀が行われるときに、詩を捧《ささ》げる人のことでしょう？」

　桂冠歌人は、優れた詩を作る宮廷詩人に授けられる称号だ。

　昔は実際に儀式の際、詩を捧げていたそうだが、時代の移り変わりとともに現在は名誉職となっていて、詩を作ることはないらしい。

「さすが！　好きなだけあるね」

　ディランはにっこりして続けた。

　彼の家は、祖先にその桂冠詩人がいたという由緒ある家柄なのだそうだ。

　とはいえ、それは数百年も昔のことで、今ではその栄光も遠くなりつつある。そこでヴァレット家では、次代の桂冠詩人に一族の者を据えたいと願っているのだという。

その称号は、どれだけ資産があるからといってもらえるものではなく、高位の爵位を所持していようとも関係がない。

つまり、純粋に優れた詩を作る詩人に与えられるという特別な栄誉を欲しているらしいのだ。

そもそも、それを言い出したのはディランの父方の祖母で、彼女はすでに数年前に亡くなっている。けれど、彼女は孫たちに『一族の若者は必ず詩作りに励み、才能ある者は桂冠詩人を目指すように』という現代としてはかなり恐るべき時代錯誤で無茶な遺言をして天国に行ってしまったそうだ。

「まあ、そう言い遺《のこ》されてもね。そもそも俺が学んでいるのは経済学だし、文学全般が苦手分野で、自作の詩なんてさっぱり思いつかない。そこで、うちの親は策を練ったんだ。伝手《つて》を使い、オックスフォード大学の教授で、かつ詩の研究の大家だっていう高名な教授に、なんと息子の個人授業を頼んだってわけ」

個人と言っても、彼一人ではなく、ディランも含めたヴァレット一族の若者三人の合同授業らしい。そう言ってから、彼は片方の眉を上げて凛音を見る。

「その授業で、俺が教授からどんな評価をもらったと思う?」

「……よくなかったの?」

おそるおそる言うと、「その通りだよ」と彼は苦笑いを浮かべる。

『君の詩は評価のしようがない！』って教授は頭を抱えていたよ」とディランはぼやく。

「正直なところ、まったくやる気がないとまでは言えないけど、本当になんというか、向いていないみたいなんだよね。詩のよさ？　みたいなものが理解できなくて」

彼は試験勉強は得意らしく、成績はいつもいい。文学でも、試験であれば、暗記すればなんとかなる。論文系もたくさん例文を読んで、応用を重ねることでクリアできる。だが、詩だけはそもそも適性がないようで、なんともぎこちないものしか作れない。

その教授は、来期限りで大学を退任して、地方で隠居することを決めているらしい。

「だけど、重大な問題があってね。実は、教授は長年、桂冠詩人の選考に関わってきたメンバーの一人だったんだよね……だから、うちの両親が絶望しちゃってさ」

笑みを浮かべて言うけれど、彼の表情はやや沈んでいるように見える。

彼の両親は、長男が桂冠詩人になることは、すでに諦めている。それはそこそこ才能のありそうな遠縁の二人に託して、ディランには、せめてウィルフォード公爵家の跡継ぎとして恥ずかしくない結果を出してほしいらしい。

そして、教授から『評価をつけられない』という言葉を撤回してもらい、ヴァレット家の人間が詩で最低評価をもらったという醜聞だけは回避してほしいと懇願されているということだった。

（ウィルフォード公爵家）

その名を聞いて、凜音は納得した。

ウィルフォードといえば、庶民の自分ですら聞いたことがある。ロンドンの中心部にある超一等地の土地や建物を保有し、イギリスで五本の指に入るほどの由緒ある名家ではないか。

――つまり、彼の父である現公爵は、とんでもない資産を持つ、国内でも屈指の大富豪だ。

アビゲイルも爵位持ちなので、現代であっても貴族社会には面倒くさいつき合いがあるということは凜音もなんとなく理解している。

貴族たちにとって、名声に傷がつくことは大きな醜聞であり、命に関わるほど避けたい事柄なのだろう。

そう考えると、彼の祖母が一族の者に桂冠詩人の称号を求め、両親がわざわざ高名な教授に教えを乞おうとしたことも頷けた。

「欲得ずくの親の頼みなんか放っておけという感じなんだけどね、やっぱり育ててもらった恩がある。できることなら望みを叶えたいところだけど……他の二人がものすごくやる気があって、どんどん捻《ひね》った詩を作って持ってくるんだ。だから、どうにか頑張りたいと思っても、正直に言うと、詩を一編作ることすら悩む俺には、最低評価を覆すのは至難の業なのかもしれない」

最初は、彼のような優秀な大学生がなぜ、と思ったけれど、どうやらディランは、向いていないことを要求されて、本当に困り果てているらしい。

(そういうことだったのか……)

凛音はようやく事情を理解した。

彼が教えを乞うているのはロバート・フォークナーだというからさらに納得もした。

「……その教授の詩、僕、読んだことがある」

「えっ、教授は詩集を出してたのか」

凛音の言葉に、ディランは驚いた顔になった。

フォークナー侯は、大学で教鞭《きょうべん》をとりながらも、詩の雑誌で講評や寄稿をしている。

凛音もよく名前を知っている、詩壇でもかなり著名な詩人だ。

「うん、その詩集も持っているよ。古い本だから、もう売っていないかもしれないけど」

そう言うと、いったん部屋に戻り、本棚から持ってきた薄い本を渡す。彼は礼を言い、興味深げに捲《めく》っている。

自分が、ディランのためにできることはあるだろうか。

しばらくの間、凛音は考えを巡らせた。そうして、悩んだ末に口を開く。

「正直、僕にできることなんて限られてると思う。さすがに、桂冠詩人になるための助けにはなれないと思うけど……でも、君自身が詩を作れるようになる手伝いなら、できるかもしれない」

そう言うと、ディランは「本当に？」と一瞬目を輝かせる。

「でも、教え始めたら、あまりの才能のなさに幻滅されるかも。嫌になったら、いつでも遠慮なく言ってほしい」

真面目な顔で言われて、つい笑ってしまう。

「幻滅なんかしないよ。だから、一緒に頑張ってみない？」

そう言うと、笑顔になったディランがスッと手を差し出してくる。

「はい、先生！　よろしくお願いします」

おずおずとその手を握り返す。すると、アレックスが伸び上がってテーブルの上に顔を出してきた。

仲間に入れて、というように、舌を出した無邪気なアレックスの顔に、二人は思わず顔を見合わせて噴き出した。

「君の大切な時間をもらうんだから、もちろん礼はするよ。時給換算でもいいし、欲しいものがあればそちらでも構わない」

ディランの申し出に、凜音は困惑した。

「お礼はいらないよ。まだ結果を出せるかもわからないし、特に欲しいものはないから」

しかし、そう言うと彼のほうも困り顔になってしまった。

「そういうわけにはいかないよ」

凛音は迷った末に、本当のところを話す。

「……実は、アビーが、君が授業を受けに来ることをすごく喜んでいるんだ。たぶん、僕にあまり友達がいないことを心配してるから……だから、僕としても彼女を安心させられて、ありがたいと思う。そういうわけで、本当にお礼は不要だよ」

そうか、と言い、ディランはしばし何かを考えている様子だった。

「じゃあ、ともかく今は、教授に認めてもらえる詩を作れるように努力する。礼については、それから考えることにしよう」

まるで自分に言い聞かせるように言ってから、ふと彼がご機嫌顔でそばにいるアレックスに目を向ける。

彼は「よし、じゃあ決意表明の写真を撮ろう」と言い出す。

（決意表明？）

凛音が瞬《まばた》きしていると、彼はアレックスの隣に顔を並べる。「さ、リオンも」と促されたが、あまり写真を撮る機会がないのでどうしていいのかわからず、どぎまぎしつつも凛音も倣う。

ディランがモバイルで何回かシャッターボタンを押す。

おそるおそる見せてもらうと、自然な笑みのディランに、ぎこちない顔で笑う凛音。

そして二人の間で舌を出し、満面に笑みを浮かべたアレックスが映っていて、思わず噴き出してしまう。

二人と一匹で撮った決意表明は、なかなかの出来栄えだった。


「リオン、今日は朝からご機嫌じゃない？」

朝食をとりながら、まだ眠そうなアビゲイルに言われてどきっとする。

「別に、いつも通りだよ？」

片づけだけは、交代で当番を決めているが、食事作りは基本的に凜音の担当だ。

アビゲイルの仕事の忙しさによって、パンと飲みものだけで軽く済ませることもあるけれど、今日は卵とベーコンを焼いて、しっかりとイングリッシュブレックファーストを作った。

すでに彼女にはお見通しらしく、「ああ、今日はディランが来る日だものね」と言って、食後の紅茶を飲みながらアビゲイルはにこにこしている。

最初の来訪以来、ディランは週に一度、この家を訪れるようになっている。

今日が三回目の授業の日だ。

「ディランが来ると、アビーも嬉《うれ》しそうだし、それに、アレックスも遊んでもらえて喜ぶから」

そっけなく言って、片づけ当番の凛音は、食べ終えた食器をそそくさと運ぶ。すると、アビゲイルが思い出したように言った。

「昨日の夜、エミリアから電話があって、ディランがかなりやる気を出しているみたいって喜んでいたわよ」

「そ、そうなんだ。だったらよかった」

声が弾んでしまわないように気をつけながら、凛音は二人分の食器をざっと水で流し、食器洗い機にセットする。

「夏の間、エミリアはご主人とバケーションに行くみたいだけど、ディランは行かないって。もう大学生だし、家族旅行もあちこち行ったみたいだから飽きちゃったのかしら。それに、休みの間はうちに来る約束もあるものね。特に予定変更ってこともないんでしょう?」

不思議そうなアビゲイルに、「うん、今のところ」と凛音は頷く。

すでに彼の大学は夏季休暇に入っているが、寮は観光客の宿泊施設として使われるため、学生は残れない。

だから、ディランは今、大学近くで長期の旅行に出かけている友達の家を、帰省しない三人の友人と使わせてもらっているらしい。

旅行に行かないのが詩作りの特訓のためだとは思わないけれど、まさか、と一瞬思ってしまうほど、彼はきちんと授業に取り組んでくれている。まだ二回だけだけれど、凜音が渡した資料の本は次回までに必ず読み、同じ年代の作者の詩も調べたりして、出した宿題も必ずやってくる。真面目でとても優秀な生徒だ。

彼が自ら詩に向き合おうとしてくれていることが嬉しい。凜音は改めて、ディランが少しでもいい詩を作れるように、自分もできる限りのことをしようと心に決めた。

アビゲイルには恥ずかしくて誤魔化してしまったけれど、確かに凜音は、ディランが来る日を心待ちにしている。

初めて会った日、困難な状況を打ち明けて、自らの気持ちを正直に話してくれた彼に、凜音は内心で感銘を受けた。

ディランは有名大学の生徒で、とてつもない富豪の家柄の跡取り息子だ。神様に愛されたかのような美しい見た目に生まれ、将来的には、世の中でもセレブと言われる限られた人々のうちの一人になることが約束されている。銀のスプーンを咥《くわ》えて生まれてきた存在だ。

裕福なアビゲイルの養子にしてもらえたとはいえ、孤児だった凜音とはまさに生きる世界が違う。けれど、彼は気さくで、驕《おご》ったところなどかけらもない。

凜音はディランの打ち明け話を聞きながら、もし自分が彼だとしたらと考えた。四歳も年下で、しかも引き籠もりの相手に、正直に困り事を話して助けを求めることができるだろうかと。

授業の際も、課題を出されたときも、彼は謙虚に凜音の言うことを受け入れてくれる。

凜音は策を練り、教授の好みを分析して、徹底的に彼が好みそうな詩を作ることに絞って、授業を始めることに決めた。

ディランの両親が諦めるのももっともで、国には何人もの有名な詩人がいる中、桂冠詩人を目指すことは無理がある。だからまずは、教授を納得させる詩を作ることだけを考えようと思ったのだ。

最初の授業の日に、凜音はディランと話し合って、方向性を固めた。

それから、二回目の授業に際して、凜音はポイントを絞って、彼に課題を与えることにした。

「君が今、一番興味のあることを詩にしてはどうかな」

桂冠詩人が王家に捧げる詩は中世詩風の作品だ。

そして、フォークナー教授の専門は古代詩と中世詩なので、おそらくは現代詩は避けたほうが、教授からの評価は高いだろう。

それから、最初に詩のテーマを決めること。

どの時代にも共通しているが、人気があるのは恋愛や友情とか、生と死、ものごとの栄枯衰退などだ。詩にはそういった人生においての普遍的なテーマが多いし、心に届きやすい。

それに自分の興味のあることをミックスして綴るのが、もっともやりやすい方法なのではないかと。

ディランは凜音のアドバイスをすんなり受け入れ、新たな観点から詩作りにトライし始めている。

驚くほど素直な性格で、年齢や上下関係に拘《こだわ》りがない。彼は伸びるだろう、と凜音は確信した。

もしできたら、と前置きして、二回目の授業の最初のときに、教授に提出して駄目出しをされた詩を見せてもらいたいと彼に頼む。

「本当に一つも褒められなかったから、駄作だと覚悟して読んでほしい」と真顔で言い置いてから、彼はタブレットに詩を表示して見せてくれた。

詩は三編あった。どれも比較的短い。タイトルは「朝の光」「夢」「国王陛下への尊敬」で、おそらく与えられたテーマなのだろう。

（……うーん、これは……）

わくわくした気持ちで読み始めた凜音は、いつしか真面目な顔になり、眉根が寄るのを感じた。

「……最悪なんだろう？　わかってる、もう教授に徹底的に叩《たた》かれたあとだから、気遣いは不要だよ。遠慮なく駄目出ししてくれ」

「いや、ええと……」

自棄になったように言う彼に、『そんなことはないよ』と言ってあげたいけれど、うまい言葉が見つからない。

見せてもらったディランの詩には、特に大きな問題があるわけではなかった。

ただ、どれも薄いというか、浅いというか、全般的に軽い感じがする。比喩表現が少なく、言葉遣いもストレートなので、風情がない。かといって笑える内容でもなく――。

率直に言うと、あまり心に残らないのだ。

おそらく、教授が怒ったのは、高齢で、かつ中世詩を愛する彼の目から見て、世界有数の名門大学生であるディランのこの作品は、本気ではない、詩を愚弄していると感じたからではないだろうか。

だが、よくよく読んでみると、彼の詩は、韻を踏もうと努力しつつ、少しウィットに富んだ表現も混ぜてありと、あちこちに工夫のあとが垣間見《かいまみ》られる。決して真面目に取り組んでいないわけではないのだということは伝わってきた。

(もしかしたら、恥ずかしいのかな……)

凜音は悩んだ。彼の詩には、躊躇《ためら》いが強く出ているように思える。

真剣に詩を作ろう、人の心に届けようと思えば、最初は恥ずかしさがあって当然だ。

しかし、彼の詩にはどこか羞恥心が滲み出ている。それが表現のぎこちなさへと繋がってしまっているのかもしれない。

オックスフォード大学に合格することがどれだけ難しいかは、受けたことがなくともわかる。英語の能力、高校の成績、エッセイにインタビューと、単に勉強だけできればいいわけではない。名門の名に相応《ふさわ》しいよう人柄も問われ、クリアしなければならない難問が山積みなのだ。

その山を乗り越えたディランが、入試よりもはるかにたやすいはずの詩作りに躓《つまず》いているのだ。

それは、なんらかの苦手意識があるせいなのではないか。

(詩作りよりも、まずはそこからかな……)

頭の中で考えを巡らせながら、礼を言って彼にタブレットを返す。

「……もしかして、呆《あき》れてる?」

窺《うかが》うように訊かれて、「呆れてなんかいないよ」と笑う。

凜音は彼の詩を読んだ感想を、オブラートに包んで割り増しで褒めつつ伝えた。

「ああ、リオンは優しいね。教授も同じようなことを言ってたけど、最後には『結論として、君の詩にはロマンのかけらもない!』って机を叩いて、本気で泣きそうになってたよ」

感動したように言うディランに、凜音は内心で、そこは教授に同意かもしれないと思う。

冷めてしまった茶を淹れ直し、少しアレックスとボール遊びをしたりして、やや落ち込んでしまったディランの気持ちを変えようと試みる。

それから、凜音は言葉を選びながら切り出した。

「君の詩を読ませてもらって気になったのは、もしかしたら、詩作りに少し抵抗があるのかなっていうことなんだ。たとえば、子供の頃、授業で作った詩を友達に笑われた、とか、先生に厳しく叱られてショックだった、とか。何か、詩が嫌いになるような心当たりはない?」

「何かあったかな。子供の頃は悪ガキだったけど、特に事件はなかったと思うよ。学校が厳しかったから、授業は真面目に受けていたし。幸い、先生もいい人たちが多かったから」

彼はぼやきながらも困り顔だ。聞いてはいないけれど、経歴や家庭環境から察するに、間違いなく名門のパブリックスクールを出ているのだろう。学内では虐めもあると聞くが、たとえ詩作りが下手でも彼が虐めの標的になるとは思えなかった。

「あ、そうだ、子供の頃世話してくれたナニーが今もロンドンの家で働いているはずだから、何か詩に関する覚えがないか、母に訊いてもらおうか」

そうしてもらいたいと頼んで、その日の授業はおしまいにした。

すると、翌週の三回目の授業を待たず、翌日にはディランから電話がかかってきた。

『リオン、驚いたよ！　君の言う通りだった』

興奮した様子のディランによると、母を通じてナニーに確認してもらったところ、彼が詩を嫌いになったきっかけらしき出来事があったらしい。

幼少時のディランは言葉を覚えるのがかなり早く、他の子供に比べても早熟だったそうだ。彼は二歳の頃に、件《くだん》のナニーに早々と初めての恋をして、彼女に求婚する詩を作って贈っていたというのだ。話を聞きながら、凛音は驚いた。

（二歳で、求婚の詩⁉）

早いにもほどがあるのではないか。

『まだよちよち歩きの赤ん坊に求婚されて、ナニーは困ったんだろうね。正直に「坊ちゃんのお気持ちは嬉しいですが、私には婚約者がいますので」って断ったんだって。それでも幼い僕は諦めなくて、何度断られてもせっせと新しい詩を作っては渡していたみたい。だけど、あっという間に姉に見つかって、家族の前でその熱烈なつたない詩を朗読されてね。断られたことよりも、どうも皆の前で読まれたことがショックだったようで、僕は大泣きして高熱を出して、それから詩を贈るのはぱったりとやめたって。どうやらその件以来、詩の存在自体が嫌いになって、今に至るみたいだよ』

何せ十七年も前のことで、本人はまったく覚えていない。ディランには上に三人も姉がいる。四人の子を育てる間に様々なことがあったせいか、母のエミリアもすっかり忘れていたそうだ。

やはり、きっかけがあったのだ、と凜音はむしろホッとしていた。

嫌々作るのではいい詩ができるわけがない。だが、トラウマの根さえ見つかれば、きっとそれを解消する方法も、どこかにあるはずだ。

三回目の授業を始める前に、凜音はそのことについて彼と話し合いをした。

「きっと、その件があったから、詩を作るのに抵抗感というか、本能的に羞恥心があるのかもしれないね。そういうの、どうやったら消えるのかなあ」

凜音が考えながら言うと、ディランが「うーん、たくさん作って、発表して、恥をかいて、慣れるしかないかも」と腕組みをする。

「リオンは詩を書くとき、恥ずかしくない？」

「どうだろう。僕は友達がいないから、アビーくらいしか読まないし……考えたことがなかった」

君の詩を読ませてもらってもいい？と訊かれて、一瞬面食らったが「いいよ」と腰を上げる。寄稿した詩が掲載された雑誌を持ってきて、それから、一番新しい詩が載った出版社のWebサイトも見せた。

最新の詩は、『人生の喜び』について綴ったもので、自分でもなかなかよく書けた気がしている。

「へえ……とてもロマンティックだね」

目を通したディランがしみじみと言った。

「勝手な想像だけど、青い花が広がる何百年も昔のアッシュリッジ・エステートの森の中で、朝日に照らされた天使が祈りを捧げている、っていう光景が思い浮かんだよ」

それを聞くと、凜音の顔は、にわかに火が出そうなほど熱くなった。

アッシュリッジ・エステートはロンドン近郊にある、おとぎ話の中に出てきそうな美しい森だ。木立の足元に咲く、青くて小さなベルに似た形をした花が人気の観光地である。

うつむいていると、「リオン？　どうしたの？」と心配を滲ませた声をかけられたが、まだ顔が上げられない。

しばらくして、のろのろと頭を持ち上げ、悩みながら凜音は言った。

「……自作の詩を目の前で読まれることが、まさか、こんなに恥ずかしいとは思わなかった」

これまで数え切れないくらい詩を詠んできたけれど、いま初めて、穴があったら入りたいような気持ちになっていた。

「ごめん、揶揄《やゆ》したわけじゃないんだよ？　正直に、素敵な詩だったから褒めたつもりなんだけど」

慌てたように言われて、「うん、わかってる。それでも、なんだか恥ずかしかったんだ」と正直に話す。

ディランから面と向かった状態で率直な詩の感想を伝えられると、身悶《みもだ》えしたくなるほどの恥ずかしさを感じた。

心の奥底から取り出した感情を、丁寧に練って紡ぎ上げた言葉たち。

凜音はいつも、現実にはあり得ない、夢物語のような情景を詩に収めている。一つのテーマを決めて、心の中に浮かんだ理想の光景を描き出した詩だ。

ディランは決して悪い意味で言ったのではないとわかっているけれど、実際、自分は単なる感傷的なロマンティストの誇大妄想家なのだ。ディランの受け止め方は何も間違っていない。だが、だからこそ、凜音は強い羞恥心を感じていた。

アビゲイルは家族だし、プロの目線から添削してくれる存在だ。雑誌やＷｅｂに載ったりするのは少しも恥ずかしくはない。

だがそれは単に、見る人間の存在を直接感じることがなかったからだと気づいた。

「詩って、恥ずかしいものなんだね……ううん、むしろ、恥じる気持ちがあるほうが普通なのかも……僕、これまでは人に見てもらえて、嬉しい気持ちしかなかったよ」

耐えがたい気持ちに、両手で顔を覆う。

彼が小さく笑う気配がして、ぽそっと何か呟《つぶや》いたのが聞こえる。

（今……『可愛い《sweet》』って言った……？）

「むしろ俺は、今なら羞恥心を捨てられそうな気分だよ」

「ほんと？」

意外な言葉に、びっくりして顔を上げると、ディランが頷く。

「君が恥ずかしがってるところを見たら、こんなにいい詩でも、読まれるとそんな気持ちになるものなんだなって納得した。なんだか、思い切って作品作りに取り組めそうだよ」

「それなら、僕も恥ずかしい思いをした甲斐《かい》があるかな……」

えへへ、と照れながら凛音は笑う。

彼はまた、凛音の詩の好きなところを改めて褒めてくれた。恥ずかしかったけれど、今度は落ち込まずに礼を言えた。

それから、彼はふとこちらを見つめた。

「――リオンは、どうして詩を好きになったの？」

「え、僕？」

「うん。若い子では意外だなって」

予想外の質問に、凛音は戸惑った。だが、きっと彼は、純粋に興味が湧いて訊いているだけなのだろう。

「あんまり楽しい話じゃないかも」

「そうなの？　もし、嫌じゃなかったらだけど、知りたいな」

いちおう前置きをしたが、ディランは構わない様子で、凜音が何か話し出すのを待っているようだ。

凜音は真剣に悩んだ。ディランはその質問に答えなくても、怒りはしないだろう。けれど、彼は一つ、自分に弱みを見せてくれた。誠実なディランに、自分も本当のことを話すべきなのかもしれない。そう考えて、悩みつつ口を開く。

「ええと……僕は、プライマリースクールの二年目で、いろいろあって、学校に行くのをやめたんだけど」

ちらりと顔を窺うと、ディランは自分の話に耳を傾けてくれている。

迷いながらも凜音は続けた。

「その頃、アビーの本棚から借りて読んだ本の中に、作者不詳の詩を集めたものがあったんだ」

その本は、作者の国籍も、人種も、性別も、容姿も、何も詳細はわからないまま、いつしか世界中に広がった詩をまとめたものだった。

どこの国の誰が書いたのかもわからず、どんな気持ちで書いたのかも不明なそのたくさんの詩は、寄る辺ない思いを抱えていた凜音の心にまっすぐに届いた。

本の中の言葉は、凜音に、ここにいていい、生きていていい、と繰り返し、言葉を変えて何度も伝えてくれた。

苦しみの夜はいつか必ず明ける。信じていれば、必ず救いは来る。

――生きてさえいれば、あなたも誰か大切な人を救うことができるのだ、と。

けれど、実際には、人生はそんなにたやすくはない。

助けは来ないことのほうが多いし、どんなに祈ったところで、救われない人のほうがずっとたくさんいる。

「だけど、その本を読んだときに、驚いたんだ。言葉が、人の心を、それから……命を救うことって、本当にあるんだなって」

学校に行けなくなった当時の凜音は、自分で自分を強く責めていた。

アビゲイルは少しも怒らなかったし、親身になって寄り添ってくれた。食事もうまく喉を通らなくなった凜音を心配して、カウンセラーのところに連れていき、仕事を減らして、一緒に過ごす時間を極力とってと、できる限りのことをしてくれた。

けれど、追い詰められた気持ちだったせいか、優しくされると、余計に居《い》た堪《たま》れなく思えた。今考えれば、もっと素直に彼女の愛情を受け止められたらよかったのに、養子なのに迷惑をかけて、彼女の負担を増やし、仕事まで休ませてしまったことが、あのときは、とにかくつらくてたまらなかった。

こんな駄目な自分は消えてしまって、新しい養子をもらったほうが彼女のためになるのではないか、という考えまで思い浮かぶこともあるほどだった。

そんなふうに、殻に閉じこもり、誰のどんな言葉も響かなくなっていたとき、凜音にできるのは、ひたすら本を読むことだけだった。

長い物語の内容は、息抜きにはなったが、疲弊した頭の中をすり抜けていくだけだった。けれど、ふと詩の本を手に取り、シンプルな言葉で書かれた短い文字列を辿《たど》っていく間に、不思議なくらいにすとんと、心の中に言葉が落ちてきた。

何度も繰り返し読んでいるうち、凜音は初めて、完璧ではない自分を赦《ゆる》せるような気持ちになっていた。

そうしてようやく、アビゲイルが繰り返し伝えてくれた優しい言葉を、素直に受け止められるようになったのだ。

「だから、僕は、なんていうか……詩っていうものに、すごく感謝の気持ちがあるんだ」

ここまで詳しく話すつもりはなかったのに、つい自分のことを語ってしまった。恥ずかしくなって、視線を彷徨《さまよ》わせながら凜音は言う。

「ほ、ほら、つらいときって、何をするのも苦しかったりするけど、詩なら短いから読めるかもしれないでしょう？」

うっかり重たい話をしてしまい、ディランが引いていないかと心配になり、おずおずと彼の顔を見る。

すると、驚いたことに、ディランは怖いくらいに強い眼差《まなざ》しで、こちらを見つめていた。彼はテーブルの上の凜音の手を取ると、そっと握った。

「……リオンが生きていてくれて、本当によかった」

引くどころか、嚙み締めるように彼は言った。

こちらが驚くぐらいに、彼は、これまで誰かに話すこともなかった凜音の過去の話を、真剣に受け止めてくれた。

それから、ディランがその本を読んでみたいというので、アビゲイルに許可を得て渡す。

凜音はその夜、湧き上がる気持ちを記しておくために、新たな詩を書いた。

ディランがやってくるようになってから、気持ちが目まぐるしく動く。

静かに死んでいたみたいな心が、唐突に息を吹き返したかのように上下して、慌ただしい。

(でも、なんだか、すごく楽しい……)

詩の先生役を引き受けて、よかった。

今日、授業が終わったばかりだから、ディランには来週まで会えない。

それなのに、凜音は彼がやってくるときが、今から待ち遠しくてたまらなかった。

＊

四回目の授業のため、ディランがまたエヴァンズ家にやってきた。

作業に一区切りついたらしく、アビゲイルが仕事部屋から出てきて、ひょいとリビングルームに顔を出す。

「ねえねえ、お天気がいいから、今日は庭のテーブルでお茶を飲まない？」

リビングルームのソファで向かい合わせに座り、いつものようにあれこれとやりとりしながら詩作りに励んでいたリオンたちは、その言葉に顔を見合わせる。

「それはいいね」とディランが笑顔で言ったので、凜音も「じゃあ僕、準備してくるね」と腰を上げた。

この家の庭には、庇《ひさし》の影になるところにテーブルと椅子が置かれている。

だが、凜音がアレックスと庭で遊ぶとき、たまに座る程度で、あまり有効な使われ方をしたことがなかった。

そのテーブルに茶を運び、三人と一匹は庭でひととき談笑する。今日は暑いので、皆の希望を聞いてアイスティーにした。氷を入れたグラスに、少し濃いめに淹れて冷やした紅茶を注ぎ、カットしたレモンとオレンジ、庭で摘んだミントの葉を添える。

茶菓子は、凜音が昨夜焼いたオレンジ風味のスコーンと、それから、ディランが近所にできたジェラートの店で買ってきてくれた手土産も出す。

　にぎやかなのが大好きなアレックスは、喜んで一人一人のそばに行っては愛想を振り撒き、ディランにボールを投げてもらってご満悦ではしゃいでいる。

「王太子殿下のところに、もうすぐ二人目のお子様が生まれるみたいね」

「ああ、確か今月みたいだね」

　アビゲイルの言葉にディランが頷く。最近はテレビもネットのニュースも、間もなく誕生する国王の孫の話で持ち切りだ。ゴシップネタには顔を顰《しか》めるアビゲイルも王室の出産の話は気になるようで、親戚かと思うくらいに国王の孫の誕生を楽しみに待っている。

「殿下は当然アルファだし、嫁いだお妃様はオメガだそうだから、さぞかし優秀な子になるんでしょうね。長男もすごい美形の上に天才肌で、まだナーサリースクールなのに数か国語が話せるそうよ」

「それはすごいね」と凜音が言うと、ディランも頷いた。

「王室は教育が手厚いよね。そろそろ長男には仔馬《こうま》が与えられて、専属の乗馬の教師が特訓を始める頃みたいだし」

「まったく、別世界ね！」とため息をつくアビゲイルに、ディランは凜音と目を合わせて笑う。

　三つの属性のうち、オメガとベータは目に見える特徴がないので区別はつかないが、容姿が華やかで放つオーラも明らかに違うアルファだけは、見ただけでわかる。

いかにもアルファなディランにも、アビゲイルと凛音がベータだとわかっているだろう。

(ディランはどういう人と結婚するのかな……)

王家の話から、ぼんやりと凛音は頭の中で考える。彼の隣に並ぶとしたらきっと、ウィルフォード公爵家と釣り合いが取れる、アルファかオメガの令嬢なのだろうなと思う。

なぜか胸がツキンと痛み、その奇妙な感覚に戸惑う。

急いで紅茶を飲み、二人に気づかれないように、どうにか気持ちを落ち着かせた。

「あら、このジェラート美味しいわ！」

ジェラートをスプーンで掬《すく》って食べ、「ああ、もっとロンドンが近ければ、エミリアも誘えるのにねえ」とアビゲイルが残念そうに言う。

彼女とディランの母のエミリアは、学生時代の友人だったそうだ。

アビゲイルがここに引っ越してからは、互いに仕事と子育てが忙しく、頻繁には会えなくなったけれど、ディランの洗礼式にはアビゲイルも招かれたし、なんと、引き取ったばかりの凛音に会いにエミリアがこの家を訪れたこともあったらしい。

さすがに凛音には記憶がないのだけれど、アビゲイルが取り出してきたフォトブックを見せてもらって納得した。凛音の一歳の誕生祝いに訪れた十四年ほど前の写真に写るエミリアは、金髪に青い目をしたなんとも美しい女性だった。ディランは母親似らしい。

「きっと、母も来たがるよ」

アイスティーを手に、にこやかにディランが言う。彼はふと凛音に目を向けた。

「そうしたら、二人がおしゃべりしている間、凛音は俺とどこかに遊びに行こうか」

「えっ」

自分の分のアイスティーを飲もうとしていた凛音は、ディランの言葉に慌ててグラスを取り落としそうになる。

大丈夫?と彼に訊かれたが、ぎりぎり零《こぼ》れていないのにホッとして頷く。

「で、でも、あの」

「普段、あまり出かけないだろ? この辺り、少し行くと観光できるような場所がいっぱいあるんだよ。ほら、アレックスも連れて、散歩がてら」

凛音が何か返事をする前に、「あら、それはいいわねー!」と、アビゲイルがにこにこ顔で言う。アレックスも自分の名前が出たせいか、こちらを見上げて『ぜひぼくもいきたいです!』と言うかのように、ふるふると尻尾を振っている。

「ディランは運転免許持っているの? 運転は慣れている? うまいの? だったらいつでもうちの車使っていいわよ! ほとんど使っていないし、たまに乗らないとバッテリーが上がっちゃうから」

矢継ぎ早に質問するアビゲイルに、ディランが「助かるよ」と苦笑する。

（ディランと、アレックスと、僕で、遊びに……？）

どう？と訊ねられて、凜音は答えに迷った。とても魅力的な誘いで、即答したかったけれど、できることなら目下の難題をクリアしてからにしたい。

彼は凜音を見て返事を待っているようだ。決意を固めて口を開いた。

「じゃあ、詩の授業で、君が教授に合格点もらえたら」

「ええっ⁉」

ディランが珍しく素っ頓狂な声を上げる。

（……条件をつけるなんて、勿体《もったい》ぶっているように思われちゃったかな……）

少し不安になったけれど、凜音は彼の詩作りを本気で応援するつもりでいる。

エミリアとアビゲイルの再会はいつになるのかわからないし、別に、約束をするだけならしてもいいのかもしれない。

けれど、もしもディランとアレックスと遊びに行けるのだとしたら、彼が目標に到達してから、晴れ晴れとした祝いの気持ちで行けたらと思う。そのくらい、凜音は真剣に授業に取り組んでいるのだった。

「うう、合格点なんてもらえるのかな……いや、でも難しいからこそ頑張ってみるべきか……？」

ディランは独り言を言うように呟き、「わかった」と言って頷いた。

「じゃあさ、俺が教授から合格点をもらえたら、リオンはモバイルを買わない？」

「モバイル？」

凛音は自分専用のモバイル《スマホ》を持っていない。

アビゲイルはいつも買いましょうと言ってくれるし、買えるだけの小遣いももらっている。自分で買うこともできるが、凛音はあまり気が乗らなかった。

最初の授業の終わりに、やりとりのために連絡先を交換しようということになり、家の電話番号を伝えると、ディランはかなり驚いていた。

アレックスの散歩や買いものなどのときは、アビゲイルがモバイルを三台持っているので、使っていないものを借りて緊急連絡用にさせてもらっている。

メッセージを送るアプリはタブレットに入っているので、ディランとはそちらのアドレスを伝えてやりとりをしている。急ぎでない件はメッセージアプリで、遅刻など急ぎの連絡は家の電話に、という具合だ。それで、今のところ不自由は感じていない。

「特に必要ないと思う」

凛音がそう言うと、すぐに「あら、あったほうがいいわよ」とアビゲイルが突っ込んだ。

「ディランとやりとりするのだって、わざわざラップトップ開いたり、タブレットを持ち運ぶんじゃ面倒でしょう？」

ディランもうんうんと頷く。

「もちろん、無理強いはしないけど、でも、あったら便利じゃないかな？　俺もリオンとメッセージのやりとりが気軽にできてありがたいし」

優しく諭すように言われて、凛音は言葉に詰まった。

「でも……買ってもほとんど使わないかも」

「もし使わなくて埃《ほこり》をかぶっていたら、私が引き取るから大丈夫よ！」

アビゲイルに言われて、いよいよ凛音は困ってしまう。

「僕、アビーとディランと、あと、アレックスの獣医さんくらいしか友達リストにいないし。三人以外にメッセージのやりとりする人がいないから、わざわざ買うのはもったいないと思う」

アビゲイルも自分もほとんど家にいるから、モバイルでやりとりする機会はごくわずかだ。ディランとは授業が終われば連絡を取らなくなるだろうし、獣医とは挨拶とアレックスについての必要なやりとり程度しかしない。

それに、最近のモバイルは高性能で、驚くほど高価だ。正直に、自分が買うなんて無駄だと凛音が言うと、なぜかディランたちは顔を見合わせてしまった。

「……俺も、頻繁にやりとりする相手はごくわずかだよ」

「慰めないでいいよ。そんなこと言っても、ディランはいっぱい友達がいるって知ってるんだから」

凛音はつい口を尖《とが》らせてしまう。

「うん、でも友達っていうほどでもない知り合い程度がほとんどで、自分から連絡を取る相手は子供の頃からの友達とかで、限られてるってこと。何人友達がいるかとか関係ないし、俺はリオンともっと気軽にメッセージのやりとりしたり、もらった詩の課題で困ったときは、電話できたら嬉しいと思ってるよ」

誠実な言い方で説得されて、凛音の心はぐらぐらと揺らいだ。

ディランはいつもこうして凛音の心を揺らす。

彼は自尊心をくすぐるのがとてもうまいと思う。

ディランにとって自分なんて、本当は数多くの友達の中にも入らない、知人の中でもずーっと端のほうで、しばらく会わなければすぐに忘れてしまうような存在に違いない。

それなのに、まるで彼にとってとても大切な存在であるかのような対応に、ついその気にさせられてしまうのだ。

「じゃ、じゃあ、君が目標をクリアしたら、買うことを考えてみる」

「ほんと？」

凛音が思い切って言うと、彼はパッと顔を綻ばせた。

ほらまた、と凛音は思う。

すべて社交辞令だとよくわかっているのに、凛音はつい、彼の反応を喜んでしまう。

だって仕方ない。

誰にでも言っている言葉だとしてもいい。凜音とやりとりしたい、と言ってくれた彼の言葉が、本当に嬉しかったのだ。

「うん。だから、詩作り、頑張ってね」

もう虚勢を張ることはやめて、凜音は素直に言う。

「任せといて。夏季休暇明けまでに、教授を唸らせるような詩を書くよ」

冗談でもなさそうな顔で、彼は自らの胸を叩く。

凜音はホッとして「期待してる」と言って頷いた。

空気を読み取ったのか、アレックスがぱたぱたと尻尾を振る。アビゲイルは二人を眺め、満面に笑みを浮かべてぱちぱちと拍手をした。

満開だった庭の白薔薇が散り、アビントンの街に初夏が来た。

ディランが毎週、詩を作りに凜音たちの家にやってくるようになって、もう二か月になる。

＊

夏の間は教授が旅行で不在なので、次に授業を受けられるのは夏季休暇明けらしい。ディランには、休みの間に自由なテーマで詩を作るという課題が出ている。ならばこの機会に、最高の作品を作って提出しようと目標を定めた。

正直なところ、凜音が特別に彼に教えられるようなことは何もなかった。

ディランは基本的な詩の作り方は知っているし、授業をしてみれば、古典から現代ものまで、小説もたくさん読んでいることがわかる。

過去の出来事から、詩に対する抵抗感の理由はわかった。それを消して詩に向き合えるかどうかは、ディラン次第だ。

それ以外で凜音にできることと言えば、彼が詩から逃げずに取り組めるよう、手伝いをするだけだった。

ディランは週一回、平日の夕方、大学のそばから三十分ほどの道程をバスに乗ってやってくる。

それをバス停まで迎えに行って待つのが、凜音とアレックスの習慣になった。

授業の最初の半分は、ざっといくつかのテーマを提示して、短い詩をどんどん作ってもらう。それに凜音が赤ペンを入れ、教授の好みに近づけ、詩らしい表現になるよう指摘を伝える。

ウォーミングアップを済ませると、残りの半分は、教授に提出する詩をじっくりと作る時間にした。どれも、わざわざ会わなくてもできることなのだが、一人で向き合おうとするとなかなか捗《はかど》らないらしい。

「一人だと、つい他のことをやってしまってなかなか詩作りに手がつけられないんだ。でも、ここだと捗るからすごくありがたいよ」と言って、ディランは凜音と場所を提供するアビゲイルにいつも感謝してくれる。

彼がそう言ってくれるのが嬉しくて、凜音は彼が詩作りをしている間、なるべく集中できるよう、自分からは話しかけることを控えている。

短編を作り終えて、彼が自分の課題に取り組む間、凜音はただそばにいるだけだ。リビングルームのテーブルで、彼の斜め向かいに腰かけ、何か質問されない限り、静かに自身の勉強を進めたり、本を読んだりして過ごす。

ディランは没頭すると、そばにいる凜音の存在は見えなくなる。

それをいいことに凜音はいつも、真剣な眼差しでタブレットに向かい、ペンを動かしているディランにそっと目を向ける。

（すごい集中力だなあ……）

じっと見ても、彼はまったくこちらに気づかない。その様子を見つめているうち、早く気づいてほしいような、永遠に気づかれたくないような、相反する気持ちが湧いてくる。得体の知れない感覚で、胸の鼓動が速くなるのを感じた。

捲《まく》ったシャツの袖口から覗く腕にはしっかりとした筋肉がつき、かすかに金色の産毛が生えているのが見える。凜音の白くて細い腕とは大違いだ。

手は大きく、肩も胸板も逞《たくま》しくて、喉仏もくっきりしている。

長身で、どこもかしこも男らしい造りなのに、不思議と彼からはむさ苦しい雄臭さは感じない。整った顔立ちが優美な雰囲気を醸し出しているのと、物腰が柔らかいせいかもしれない。

そのとき、ふとディランが目を上げた。

思わずまじまじと見つめてしまっていた凜音はハッとして、心臓が止まりそうになった。

視線が合う寸前に、素早く目を背ける。

（……見ていたこと、バレちゃったかも……）

不安な気持ちでドキドキしていると、彼は「ねえ、リオン。この詩なんだけど」と、普段と変わらない調子で話しかけてくる。

凛音はホッとして、不躾《ぶしつけ》な視線でつい彼に見とれていた自分の行動を反省した。

＊

ディランの長い夏季休暇も、残り一か月ほどになった頃のことだった。

先週は、ロンドンの実家に戻る用事ができたらしく、珍しく彼が電話をかけてきて『今回は休みにしてもらっていいかな』と言われた。

もちろんいいよ、と答えたけれど、その日はなんだかぼうっとしてしまって、凜音は勉強も詩作りもほとんど手につかなかった。

勧めると、ディランは門限に間に合うようなら夕食も一緒にとっていってくれる。絶賛しながらたくさん食べてくれるから作り甲斐があった。食材もちゃんとそれを見越して買ってあったので、そのまま作って、余った分は冷凍庫にしまう。

今夜の夕食には、アビゲイルの好きなラザニアを作った。だが、考え事をしていたせいか、味つけをチリソースでしてしまったようでやけに辛い。手作りしたつけ合わせのパンは、温めるために焼きすぎて焦げてしまったしでさんざんだ。

凜音がしょんぼりしていると「大丈夫、辛いのも美味しいじゃない」と言ってアビゲイルは慰めてくれたけれど、失敗続きの自分が嫌になる。

「ディランが来ないと、なんだか寂しいわねえ」

ラザニアを食べながら、彼女はため息をつく。

「そうだね。毎週欠かさず来てくれてたから」と頷きながら、凜音はいつもディランが座る席に目を向けた。

賢いアレックスはディランが来る曜日を覚えているらしく、玄関に行ってしばらく待っては、『まだいつものひとこないよ』と凜音のところに知らせに戻ってくる。

凜音もアビゲイルも、そしてアレックスも、彼の訪れをことのほか楽しみにしていたのだとわかる。

定期的な来客は、この家に光を運んできてくれていたようだ。たった一回休みになっただけなのに、彼が来ないと生活に張り合いがない。


翌週の夜、ディランとの詩の授業の日より前に、凜音は新しいモバイルを購入した。

『こんばんは、リオンです。アビーがモバイルを買ってくれたので、電話番号をお知らせします』

最初のメッセージを送り、どきどきしながら待っていると、ディランからは驚くほどすぐに返事が来た。

『わお！　こんばんは、お知らせありがとう。嬉しいよ』

笑顔の顔文字がついていて嬉しくなる。彼は、どういう風の吹き回し?とか、まだ教授に合格点もらってないけど、とか、そう言ったことはいっさい書いてこなくて凜音はホッとした。

　ディランがやってこない週の間、凜音はいつになく時間を持て余していた。

　ホームスクーリングの課題は早々と済ませてしまったし、予習も終わっている。常備菜も作りすぎてしまい『リオン、もしかして、私を置いて旅行にでも行く気？』とアビゲイルに不安がられたほどだ。

　アレックスの散歩も朝晩、それぞれ一時間以上はかけて、遊ぶ時間もたっぷりとっている。すべきことはきちんとこなしつつも、なぜかずっとそわそわして落ち着かない。ディランとのやりとりは数日に一度程度なのだが、授業が休みになった日からは、用事で休んだのだから忙しいかと思い、凜音からは送らないようにしている。

　それなのに、つい何度もタブレットを確認してしまうし、彼からメッセージが来ていないとがっかりしてしまうのだ。

　タブレットを無意味に眺める時間を過ごしたあと、凜音はアビゲイルに『モバイルを買いたい』と頼み込んだ。

　タブレットだと持ち歩けないから、ディランからのメッセージにすぐ気づけないこともある。何か連絡が来たらすぐに知りたいし、返事を送りたい。約二週間会えなかったことで、凜音は切実にディランとのやりとりを欲していた。

アビゲイルは大喜びで、凜音に好みの色とサイズを訊ね、その中でも最新のモバイルをオンラインショップで買ってくれた。

翌日にはモバイルが手元に届き、アビゲイルに手伝ってもらってセッティングを済ませた。それから、アレックスの寝顔の写真を撮り、待ち受け画面に設定すると、凜音は誰よりもまず最初にディランにメッセージを送ったのだった。

『今はまだロンドンの実家なんだ。実は、父がバカンス先でちょっと体調を崩したって聞いて、見舞いに戻ったところ』

ディランからのメッセージに凜音は驚く。

『お父さんの具合はどう？』

事情を知らず、安易に寂しがっていた自分を反省しながら訊ねた。

『なんと、ぜんぜん元気だったよ。何も心配はいらなかったみたいだ。上の姉夫婦も両親と一緒だったから心配して、念のため、途中で切り上げて戻ろうっていうことになったんだって。うちの父はけっこう高齢だからね。あまり無理しないようにって家族皆で頼んでおいたよ』

前に聞いた話では、彼の両親はかなり年が離れていて、父親のウィルフォード公爵は確かもう七十代くらいのはずだ。高齢化が進んだ世の中ではまだ若い部類とはいえ、遠い旅先で体調不良に見舞われれば家族も心配だったろう。

『だったらよかった。お大事にしてください』

『ありがとう。リオンのほうはどう？　アビーとアレックスは変わりない？』

皆変わりないよ、と打ってから、凜音は彼とやりとりをしているうち、このところずっと落ち着かなかった気持ちがすっかり鎮まっていることに気づいた。

こうして、遠くにいる彼とやりとりができて嬉しい。意地を張らずにモバイルを買ってよかった、と心の底から思う。

『あのね、今日の夕食はラザニアを作ったんだ』

『いいね。リオンの料理は美味しいから、アビーも喜んだだろ？』

『うん、でもちょっと辛すぎたかも。来週の授業のとき、食べていけそうなら、ディランの好きなものを作るよ』

どきどきしながらそう打って送ると、『嬉しいね。俺は好き嫌いは特にないから、リオンが作ってくれるならなんでも喜んで食べるよ』という答えが返ってきた。

ディランは授業が空いた間も詩作りに励んでいたようで、何編か新しい詩を作ったそうだ。次の授業の際に読ませてくれるというので楽しみだ。

ロンドンで何か欲しいものがあったら買っていくと言われたけれど、何も思いつかない。ただ、早くディランに会いたいだけだ。来週が待ち遠しいと思ったものの、さすがにそうは言えずに、気持ちだけでじゅうぶんだからと礼を告げる。

とりとめもない話で、しばらくメッセージを続ける。凜音は楽しかったけれど、あまり彼の時間を使わせてはいけないと思い立つ。『そろそろ寝るね、今日はありがとう、おやすみ』と言って、やりとりを終えた。

「はあ……」

ただメッセージを送り合っていただけなのに、胸がいっぱいになる。自室の椅子に座っていた凜音は、立ち上がると、ぼすんとベッドに倒れ込んだ。

それからも、授業の日まで、ディランはときどきメッセージをくれた。

『おはよう、今日のロンドンは曇り。母さんの買いものにつき合って、明日にはオックスフォードに戻る予定』

『ここのカフェのお菓子が美味しかったから、土産に買ったよ』

『無事戻ったよ。友達が家を綺麗に掃除してくれてたから、ごはんをご馳走《ちそう》してくる』

『明日の授業は予定通りで大丈夫？』

ディランはぽつぽつとその日の出来事を写真つきで送ってくれる。友達って、こんなふうに頻繁にやりとりをするものなのかと凜音は目から鱗《うろこ》だ。

彼からメッセージが来るたび、まるで一緒に小旅行をしているような気分になった。

そうして、待ち望んだ授業の日、リオンはいつものバス停までアレックスとともに彼を迎えに行った。

「ディラン！」

「リオン、アレックスも、お迎えありがとう」

爽やかな笑みを浮かべてバスを降りた彼は、今日はネイビーのシャツにジーンズを合わせている。

二週間ぶりのディランは、今更ながら、目が覚めるほど格好よく見えた。

彼に飛びつきたいくらい嬉しい気持ちを抑えつつ、凜音は満面に笑みを浮かべる。彼は、大喜びで千切れそうなほど尻尾を振るアレックスを撫でてくれる。

ロンドンでのことを聞きながら、二人と一匹で家に戻る。

扉を開けるとアビゲイルが出迎えて、久し振りのディランを歓迎した。

「これ、母からアビーに」と言って、彼が手土産を渡すと、大喜びして受け取る。それから、なぜか彼女はしょんぼりした顔になった。

「今日は仕事が詰まってるから、残念ながらお茶も夕食もご一緒できそうにないの。でも、リオンが張り切っていろいろ準備してたから、ゆっくりしていってね」

本当に忙しいようで、それだけ言うと、彼女はすぐに仕事部屋に引っ込んでしまう。あとでポットに茶を詰めて、茶菓子とともに持っていこうと凜音が考えていると、「張り切ってくれてたの？」とディランに訊ねられてハッとする。さっき、アビゲイルが余計な一言まで添えてくれたことに気づいて、顔が赤くなるのを感じた。

「う、うん、だって、久し振りだから」

誤魔化すこともできず、凜音は正直に答える。

「そうか。嬉しいな、楽しみだ」

ディランはにっこりしている。彼はこういうとき、決してからかったり軽口を叩いたりしない。きっと育ちがいいからだろう。そのおかげで、人づき合いにまだ慣れない凜音は、いつもディランの反応を怖がることなくいられる。

（ディランのこういうところ、すごくいいな）

じわじわと湧いてきたむず痒《がゆ》いような気持ちを慌てて抑え込み、凜音は彼をダイニングテーブルに案内する。凜音にもあれこれと土産を持ってきてくれて、わくわくしながら開けた。

いつものように授業を始めようとして「そうだ」とふと思い立つ。

「せっかくだから、今日はまず、先日作ったっていう詩を見せてもらってもいい？」

いいよ、と応じたディランがリュックからタブレットを取り出す。

詩を画面に表示したのだろう、しばらくそれを眺めていた彼は、なぜかタブレットのカバーを閉じると立ち上がった。腰と口元にそれぞれの拳を当てて、考えるようにしてから言う。

「なんていうか……読んでもらうのはちょっと恥ずかしいから、朗読していい？」

もちろん、と凛音は答える。

少々驚いたが、古来から詩人は、公式の場で自らの詩を読みあげてきたものだ。考えてみれば、このほうが自然な発表の仕方なのかもしれない。

読まれるのと聞かれるのと、どちらの恥ずかしさが勝つのかは人それぞれだろう。今では凛音はどちらも羞恥を感じるけれど、ディランがいいのならどちらでも構わない。

凛音の答えを聞いてから、彼は手を腹のところで組むと、すうと息を一つ吸った。

あれ、と思った。

彼はタブレットを見ない。頭の中に入っているのかな、と思ったところで、ディランが口を開いた。

「題は『夜明けの鳥』」

低く聞き心地のいい声で彼が読み始めたのは、国王陛下の新しい御世《みよ》に期待をかけるという内容の詩だった。

朝を知らせるヒバリが闇を払い、新しい世界に導く。

おそらく、慶弔時に詠まれる桂冠詩人の詩を意識して編んだのだろう。

言葉選びが秀逸で、韻の踏み方もよく練られている。

これまで、凜音が見せてもらった彼の詩の中では、間違いなく一番の出来だ。

フォークナー教授も、この詩を読めば彼への評価を変えるのではないだろうか。

ディランが読み終えて、片手を腰に回してスッと礼をする。

興奮して拍手しようとした凜音は「ちょっと待って。実はもう一編あるんだ」と言う彼に驚く。慌てて聞く体勢に戻ると、ディランはもう一度深々と礼をしてから、二編目のタイトルを告げた。

「題は──『運命の出会い』」

なぜか彼は一瞬、凜音に目を向ける。

どきっとしたが、すぐに目を伏せ、ディランは新たな詩を読み始めた。

二編目の詩は、先ほどとはがらりと変わった内容だ。

意外なことに、それは初めての恋に戸惑う青年の詩だった。

──暗闇の中で希望を失い、迷い彷徨っていた青年が、異界で乙女《おとめ》に出会う。

青年は、乙女に悩みを消し去ってもらい、逢瀬《おうせ》を重ねるごとに想《おも》いは高まっていく。いつしか恋に落ちるけれど、乙女はその手をすり抜けて消えてしまう。

乙女は夢の中にだけ出てきて、青年の心を慰める。目覚めれば乙女はそばにはおらず、青年は、最初に抱えていた悩みとは比べものにならないほどにつらく、苦しく、身を焦がす恋に慟哭《どうこく》する。

こんなにも苦しいのなら、出会う前の自分に戻してほしいと願うけれど、乙女の虜《とりこ》になる前の自分など、もうどこにもいない。

甘美な夢と、切ない現実との間でもがきながら、青年は再び暗闇の中に戻っていく――。

彼が唇を閉じ、深く一礼する。だが、先ほどのように、凜音は拍手をすることができなかった。

「――リオン？」

ぎょっとしたような顔で、ディランが慌てて近づいてくる。

「どうしたの？　どこか、痛いところでも？」

凜音は、彼が頰に触れたことで初めて、自分が泣いていることに気づいた。

驚いて、「み、見ないで」と頼み、ぎくしゃくとした動きで彼から顔を背けて立ち上がる。

「見てないよ」と言い、ディランが気遣うようにハンカチを差し出してきた。おずおずと受け取って、濡《ぬ》れた目元を拭う。腹がぶるぶる震えて、まだ少しも落ち着きを取り戻せそうにない。

凜音は彼が作った二編目の詩に圧倒され、半ば呆然としていた。

この間までの彼の作品は、いったいなんだったのだろう。

殻を破ったかのように、ディランが詠んだ詩は、言葉選びから世界観まで、素晴らしいとしか言いようがないものだ。

各国歴代の天才と呼ばれる詩人たちの作品にたくさん触れてきたけれど、この詩は少しも引けを取らない。まさしく傑作だ。

「……すばらしかった。どちらもだけど、特に、二編目。とても、とてもよかったと思う」

まだ興奮が醒《さ》めず、しゃくり上げそうになるのを堪《こら》えながら、凜音は必死に言葉を絞り出す。

ディランが「ありがとう」と言って、かすかに震える凜音の肩にそっと触れる。

混乱でとっさにうつむくと、また涙が溢《あふ》れ出す。涙腺が壊れてしまったみたいだ。恥ずかしくて、凜音はハンカチでごしごしと目元を擦《こす》る。

彼が慌てたように「そんなふうにしちゃ駄目だよ」と言って、凜音の手を止めさせる。

ハッとして反射的に顔を上げる。覗き込まれていたようで、思ったよりずっと近くに彼の顔があった。

涙でぐしゃぐしゃの自分の顔は、見るに堪えないものに違いない。

ふいに、頭の後ろに手を回される。凜音は彼の胸に顔を押しつけるようにして抱き込まれていた。

びっくりして、心臓が壊れてしまったみたいにばくばくと激しく鼓動を打つ。

「シャツが」

「気にしないで。すぐ乾くよ」

ディランはそう言うけれど、気にせずにはいられない。衣服越しの硬い胸板の感触にも混乱する。彼の胸の鼓動もとても速くなっているのが伝わってきた。

自らの胸に凜音を抱き寄せた彼の手が、髪や背中を撫でてくれる。

いつの間にかそばに寄ってきたアレックスが、気遣うように凜音の手をぺろぺろと舐《な》めてくれている。大丈夫だよと言ってやりたいのに、喉が詰まったみたいになって、すんなり言葉が出てこない。

しばらくの間、凜音は彼の逞しい体に抱き締められていた。ディランは優しく凜音の手からハンカチを取ると、ようやく体を離す。

「ああ、こんなに泣いて……」

痛ましげに言うと、彼は凜音の目元に近づけかけた手を止めて、なぜか、顔を寄せてくる。とっさに目を閉じると、目尻に柔らかなものが触れて、かすかに啄《ついば》まれるような感触があった。

ディランはあろうことか、唇で涙を吸い取ってくれているのだ、とわかって凜音は激しく動揺した。

どぎまぎしていると、もう一方の目元に感触が移る。

何度もそうされて、鼻先に、両頬にと唇が押しつけられる。

混乱の中、両頬を大きな手で包まれ、最後に額にもそっと唇を落とされた。

「……真剣に聞いてくれて、ありがとう」

もう一度、背中に腕が回り、ぎゅっと抱き締めてから、彼はしゃがむ。

「アレックスもありがとう。リオンは大丈夫だよ」

呆然としたまま凜音が目を開けると、ディランはアレックスを撫で回している。

彼の唇が触れたところが、どこもかしこもじんじんして熱い。

(頬と、額と……、あと鼻の先にも、キスされちゃった……)

長く引き籠もって暮らしてきた凜音が、アビゲイル以外の人にキスをされたのは、これが初めてだった。

彼が詠んだ詩の素晴らしい出来栄えと、優しく触れた唇の熱さ。

――これは、本当に現実なんだろうか？

なんだかまだ夢の中にいるようで、凜音は現実を呑み込めずにいた。

る。

＊

九月に入り、ディランは大学二年に進級した。

夏季休暇が明ければ、久し振りにフォークナー教授に詩を見てもらえる機会がやってくる。


件の個人授業があると聞いた日、自宅にいた凜音は、落ち着かない時間を過ごしていた。

（どうなったかなあ……）

凜音が自分のモバイルを手に入れてからというもの、ディランはまめにメッセージをくれる。だからきっと、詩を発表したときの教授の反応も教えてくれるはずだ。

まだ夕方だから授業が終わっていないのかもしれない。そう考えてみるものの、自分の勉強を進めながら、ついそばに置いたモバイルを気にかけてしまう。

ホームスクーリングでの勉強の進行具合は、自分自身で決められる。凜音はこの夏の間、一週間ほど休みをとり、それ以外はペースを壊さないようにと、普段と変わりないスケジュールで予習や復習をこなしている。予定よりもかなり早く進んでいるので、そろそろいったん止めて、気になるところを重点的に調べてレポートをまとめようかというところだ。

今日も、予定より少し先までテキストを進めたところで本を閉じ、夕飯作りに取りかかった。

エヴァンズ家ではまず、人間の食事より、アレックスの夕飯の支度のほうが先だ。

ボイルして小分けで冷凍してあった鶏肉を温め、計量したドライフードの上にかけて出す。

きちんとお座りして待っていたアレックスの前に皿を置くと、大喜びで鼻先を突っ込む。旺盛な食欲を微笑ましく眺めつつ、キッチンに戻ろうとしたところで、エプロンのポケットに入れていたモバイルが鳴り始めた。急いで取り出すと、ディスプレイには待ちかねた名前がある。

(ディランだ!)

その名前を見て、凜音の胸は躍った。

いつもはメッセージでのやりとりが多いので、いきなり電話がかかってくることは滅多にない。どうしたんだろうと思いながら、凜音はすぐに通話ボタンを押す。

「も、もしもし、ディラン?」

『リオン? こんばんは、今何してる?』

「こんばんは、今はアレックスにごはんをあげたところ」

少し話しても大丈夫かと訊ねられ、もちろんと凜音は応じる。

一呼吸の間のあと、彼が話し始めた。

『今日、フォークナー教授の個別授業があって、夏季休暇中に作った例の詩を提出したんだ』

「教授は、なんて……？」

苦笑いの声でディランが言うには、最初、教授はあの二編の詩を作ったのが彼だということに疑いを持ったそうだ。どうやら、よほどこれまでのディランの作品に納得がいっていなかったらしい。

だが、ディランは、これは詩が得意な友人の助けを借りて、改めて勉強し直し、何編も自作の詩を作ったのちに、夏季休暇中をかけて生み出したものだと伝えた。さらには、週に一度の凜音との授業で作った数え切れないほどの詩も見せると、教授はようやく新たな詩が彼の自作であると理解してくれたそうだ。

『教授は、「もし私が君の担当教授なら、１ｓｔの成績をつけて、参考作品として掲示する」って』

「そ、それって」

『うん。リオン、やったよ。どちらの詩も最高評価をもらえたんだ！』

誇らしげに言われて、凜音は思わず息を呑む。

「……お、おめでとう、ディラン！」

彼の詩が、狙っていた評価を得た。

それどころか、教授から目指していた以上の言葉をもらえたのだ。

やや興奮気味なディランの言葉に、凛音の胸にもじわじわと歓喜が込み上げてくる。

「本当によかった……」

凛音は安堵《あんど》の息を漏らす。あの詩ならきっといい評価をもらえるはずだと確信はしていた。ディランの地道な努力が報われたことが、心の底から嬉しかった。

しかも、教授は彼に、今後も詩を作り続けるようにと伝えた。さらには、『今度、友人の詩人たちとの交流会があるから、よかったら顔を出してみないか』とまで言ってくれたそうだ。ディランの詩がよほど気に入ったのだろう。

『ありがとう、リオン。すべて君のおかげだよ』

モバイル越しに、しみじみとした彼の声が届く。

「ううん、違うよ。何もかも、ディラン自身の頑張りだ。そ、そうだ、お祝いしなくちゃね」

「いや、礼をしなくちゃいけないのは俺のほうだよ」

ふいに、足元にアレックスが寄ってきた。どうやら、凛音が電話に夢中になっている間に、早々とごはんを食べ終えたようだ。

凛音はモバイルを肩と耳で挟むと、足元に纏わりついてくるアレックスを両手でわしわしと撫でた。

『……もしかして、今、アレックスを撫でてる？』

気配が伝わったのか、苦笑した声で言われて恥ずかしくなる。

「あ、うん、ごはんを綺麗に完食してくれたから、褒めてた」と、照れながら凜音は答える。

彼がちょっとアレックスと話してもいい？と言うので、モバイルのマイクをオンにして垂れ耳のそばに近づけた。

賢いアレックスはディランの呼びかけに尻尾を千切れんばかりに振りつつ、モバイルから彼の声が出てくる不思議さに首を傾げている。

しばしの間歓談してから、ふとディランが『ねえリオン』と呼びかけた。

彼の声の調子が変わったことに気づく。どうしたのだろうと思いながら、凜音は「なに？」と答えた。

『前から考えていたんだけど。もしよかったら、君の詩をフォークナー教授に見せてみない？』

予想外の話に凜音は戸惑った。

「え……で、でも、僕はオックスフォードの学生じゃないし」

『そんなの気にしなくて大丈夫だよ。実は、導いてくれた友人に教授も興味を持ったみたいだから、作品を見てほしいと言えば、きっと快く受け取ってくれると思う』

フォークナー教授は、生存している中では、イギリスで五本の指に入るほど高名な詩人だ。もし、自分の詩に何か講評をもらえたらと思うと、にわかにリオンの胸は高揚した。

だが――。

「……ディラン、とてもありがたいと思うんだけど、やっぱり、今回は遠慮しておくよ」

少し考えた末に、凛音はそう答えた。

「コネを駆使して関わりを作るのは、決していけないことじゃないし、そういうのが必要なときもあると思う。でも……僕は自分ではまだ何も成し遂げてない。だから、最初から近道をすべきじゃない気がするんだ」

もっと自分自身で詩作りを突き詰め、そしていつか、教授と詩の世界で関われるくらいまで書き続けられたら。

ディランは少し残念そうだったが、凛音の選択を受け入れてくれた。

「でも、そう言ってくれて嬉しかった。さっきの紹介って、つまり、詩作りを手伝ったお礼ってことだよね」

『いや、違うよ。特に礼のつもりとかじゃなくて……なんていうか、単に俺が、リオンの詩を教授に見てもらいたかったのかもしれない』

「えっ」

『ここに、若き優れた才能の持ち主がいるっていうことを』

少し照れたように言われて、凛音は顔が赤くなるのを感じた。

「……ディランがそんなふうに思っていてくれただけで、もうじゅうぶんだよ」

もう一度、ありがとう、と心を込めて礼を言う。

すると、モバイルの向こう側で、小さく笑う気配が伝わってきた。

「どうしたの？」

『いや……俺の周りはさ、自分が自分が！　自分を見ろ！　コネなら買ってでも使え、みたいな奴らばっかりだから、リオンの考えはちょっと新鮮で』

彼の同級生といえば、オックスフォードに合格するほどの学生たちだ。さぞかしアグレッシブなマインドを持っているのだろうと納得する。

『でもね、リオンの言いたいこともわかる。君ならきっと、先々は必ず、自分の力で対等な立場で教授と会えるようになるよ』

「そうかな……そうだったら、嬉しいんだけど」

きっとね、と断言してから、ディランが続けた。

『しかし、これでやっと、ヴァレット家の者として、駄作の詩を作る跡継ぎという汚名は雪《そそ》げた。リオンにもたくさん世話になったから、何か礼をしなくちゃ』

フォークナー教授は多忙だ。最後に三人がそれぞれ詩を提出して評価をもらったところで、いったん個別授業は終わりということになったらしい。

それを聞いて凜音は青褪《あおざ》めた。

——教授の授業が終わりになったら、彼が詩作りをする必要もなくなってしまう。

「じゃ、じゃあ、うちに来るのも、もうおしまい……？」

彼が家に来なくなったら、会えなくなってしまう。

絶望的な気持ちで凜音が訊ねると、ディランは『いや、もしお邪魔じゃなければ、また行かせてもらうよ』と答える。

『ほら、アレックスともせっかく仲良くなったし、それに、まだリオンに礼をしていないからね』

慌てたようにそうつけ加える彼に、凜音はホッとした。

「お礼なんかいらないよ。アレックスもアビーも、もちろん僕も、いつでも大歓迎だから」

『本当？　それは嬉しいな』

「うん。だって、一回君が来なかっただけで、アビーは寂しいって言い出すし、アレックスは玄関まで何度もお迎えに行くし、僕なんか、君の分もラザニア作っちゃうしで……」

必死で話すうち、だんだん何を言っているかわからなくなってきた。照れ隠しに、慌てて凜音は続けた。

「ええと、つまり、君が忙しいのはわかってるし、そんなに頻繁には来られないかもしれないけど。でも、来てくれたら、うちはみんなすごく喜ぶんだ。だから、時間が空いたら、お茶でもごはんでもいいからいつでも食べに来てほしい」

『エヴァンズ家の皆がそんなに俺を待っててくれたとは！　今すぐにリオンのラザニアを食べに行きたくなったよ』

芝居がかった彼のもの言いに、「じゃあ、お祝いのメニューはスペシャルなラザニアにしようかな」と凜音は返して、二人で笑い合う。

ディランと話すのは、ささいなことでも本当に楽しい。

彼は、今週も必ず顔を出すと約束してくれた。凜音はそのときが待ち切れないほど楽しみになった。

＊

コンコンとノックしてから小さく仕事部屋のドアを開けると、凜音は声をかけた。

「アビー、僕、掃除当番だから教会に行ってくるね」

顔を上げたアビゲイルは慌てて腕時計に目を落とす。

「やだ、もうそんな時間？」と言って立ち上がった。

「ランチは冷蔵庫に入れてあるから、ちゃんと食べて」

「ああ、助かるわ。ありがとうね、リオン」

彼女は凜音のところまで来て、ぎゅっとハグをし、頰にキスもしてくれる。身を離して凜音の髪を撫でながら「行ってらっしゃい。一緒に行けないけど、気をつけて」と言った。

「アビー、僕はもう小さな子供じゃないんだよ」

冗談ぽく、だが半ば本気で言うと、アビゲイルは目を細めて微笑んだ。

「そうだったわね。いつの間にこんなに大きくなっちゃったのかしら」

彼女の部屋を出て、凜音は出かける支度をする。

最近は仕事が溜《た》まっているらしく、アビゲイルは食事の時間くらいしか部屋から出てこない。自分などより彼女のほうがよほど心配だと思いながら、朝ごはんのあとソファで眠っているアレックスを起こさないようにそっと家を出る。

今日も空はどんよりしていて少し肌寒い。

十月に入った初秋のアビントンは曇り空の日が大半で、小雨が降る日も多い。気鬱ではあるものの、天気のせいで沈んでいたらこの国では暮らしていけない。

念のため傘を持ち、シャツの上から撥水《はっすい》のパーカーを着た凜音は、徒歩で十分と少しのところにある近所の教会に向かった。

今日来られた当番は五人のようだ。先に来ていた信徒たちに挨拶していると、奥の部屋からブラウンの髪をした青年が出てきた。

「リオン、おはよう」

「おはよう、オリバー。今日は少し冷えるね」

凜音より一つ年上のオリバーは、近所の高等教育学校《シックスフォーム》に通う青年だ。実家のベーカリーを手伝いつつ、大学進学の学費を貯めるために他の店でもアルバイトをしているらしい。

「雨がひどくならなくてよかったよ。そうだ、アレックスにパンを持ってきたから持って帰って」

オリバーの言葉に凜音は頰を綻ばせた。

「ありがとう！　君のところのパンはとても美味しいから、アレックスが喜ぶよ」

アレックスはパンが大好きなので、獣医の許可を得て、たまにご褒美でほんの少しだけ与えている。以前、何気なくその話をしたところ、オリバーは店で前日余ったパンがあるとこうして持ってきてくれるようになった。

教会の掃除当番に来るのは中年から高齢の女性が多いので、若者はオリバーと凛音くらいだ。気さくな彼は凛音を見つけるたびに寄ってきて、あれこれと話しかけてくれる。

実家の店番に慣れているせいか、オリバーはいつも朗らかで誰にでも愛想がいい。教会の帰りにカフェに誘ってくれたり、流行《はや》りの音楽を教えてくれたりと、凛音にとって、ある意味で初めてできた同年代の友達と言える存在かもしれない。

――ディラン・ヴァレットと出会った夏が終わる頃から、凛音の生活にはいくつかの大きな変化が生まれていた。

一つは、こうして教会の手伝いに来たり、ときには地域のボランティア活動に参加するようになったことだ。

小さい頃はアビゲイルと欠かさず日曜の礼拝に訪れていたものだが、学校に行かなくなった頃から足が向かなくなっていた。同じ学校の子供に会うのが怖かったからだ。

だが、あれからもう十年近くが経っている。ディランが家に来るようになってから、彼の人柄に触れて、凛音は少しだけ他人への恐怖が減った気がしていた。

こわごわながらも足を踏み入れてみると、昼間の教会に若者はほとんどいなかった。いても、広い教会では会釈をする程度で、無駄な会話をする必要もない。これまで人が多く集まる場所を必死で避けてきたのはなんだったのだろうと不思議に思い、拍子抜けしてしまった。

（なんだ……怖がる必要なんて、なかったんだ）

そもそも、もし同じプライマリースクールに通っていた子供がいたとしても、皆成長している。二年の途中で消えた自分のことなど、とっくの昔に忘れられているだろう。

久し振りに顔を見せたアビゲイルと凜音を、司教は歓迎してくれた。礼拝に通ううち、堂内の掃除に来てもらえないかと頼まれ、最近ではこうしてできる範囲で当番を引き受けるようになっている。

足を運ぶようになってみれば、周囲に関しては誰もが多少の関心を持ちつつも、その実無関心なのだとわかった。

これまではずっと、皆が自分に敵意を持っているような気がして怯《おび》えていた。だが、恐怖心を抱いて勝手に殻に閉じこもり、他人を全員敵のように思っていたのは、むしろ自分のほうだったのだ。

（勇気を出して教会に足を向けてみて、よかった……）

ごく小さな一歩だが、凜音にとっては大きな進歩だ。

――そして、もう一つの変化は、予想もしないことだった。

分担して教会の掃除を終え、最後に揃って祈りを捧げる。

オリバーからありがたくパンを受け取り、次は礼に何か菓子を作ってくると約束して、凜音は教会を出た。

その日は、ディランが来る約束になっていたので、少し足を延ばして新鮮な食材を扱うスーパーに向かった。いつもはアビゲイルの好みと健康を考えてメインを決めるのだが、今日はディランの好きなものを作ることにする。

（ディランは、少し味が濃いものとか、辛いものとかが好きなんだよね）

あれこれと買い込んで、大荷物を抱えて帰宅する。出迎えてくれたアレックスにおやつをあげて少し遊んでから、張り切って夕食作りに取りかかった。ディランが着くまでの間に、盛りつけの手前まで済ませておきたい。

「――ごめん、教授に捕まって話し込んでいたら、一本バスに乗り遅れた」

申し訳なさそうに言うディランは、今日はいつもより三十分ほど遅く着いた。

凜音はアレックスとの散歩がてら、バス停までディランを迎えに行くつもりでいた。だが、家を出る前に遅れる旨のメッセージをくれたので、散歩だけして戻り、家で待っていたのだ。

玄関に入ってきたディランは、千切れんばかりに尻尾を振るアレックスの大歓迎にあっている。

「アレックス、嬉しいな、そんなに俺を待っててくれたのかい？　遅くなってごめんよ」

しゃがんだ彼は、目尻を下げてベージュの毛並みを撫で回している。

凜音は彼にわしわしと撫でられている愛犬を少し羨ましく思いながら眺めた。

「あれ、今日は何かあった？」

「え、な、何もないよ」

顔を上げた彼からふいに訊ねられて、どきっとした。

「だったらいいんだけど、いつもより元気がないような気がしたから」

表には出していないつもりなのに、ディランの目敏《めざと》さに凜音は驚いた。

——凜音に最近訪れた、もう一つの変化。

自分でも昨日知ったばかりだが、それは、属性がベータからオメガに変わっていたという驚きの事実だった。

国民には年に一度の健康診断が義務づけられている。凜音も先月、血液検査を受け、その結果が昨日伝えられた。

通常はメールで届くものだが、なぜか今回は結果を聞くために一番大きな総合病院に行くように指示された。そこで凜音は、オメガ専門医の診察室へ案内された。もちろん、自分はベータだと伝えたが、受付ではともかくそのまま待つように言われた。

疑問に思いながらも診察室に入ると『リオン・エヴァンズさん、あなたの属性はベータからオメガに変化しています』と医師から告げられて、凜音は仰天した。

医師の説明によると、ごく稀《まれ》に、生まれながらの属性から別の属性に変化することがあるらしい。

オメガであれば、本来は男性と番えば子を産める体のはずだが、検査結果によると、凜音は元はベータだったせいか、オメガとしてのホルモン量が極端に少ない。そのため、不妊治療をしない限り子は望めないそうだ。

特に結婚や子供に夢を持っていたわけではないが、作らないのとできないのとではわけが違う。突然のことで、診断を聞いた凜音は気持ちが暗くなるのを感じた。

オメガへの変化は、正直なところ困惑しかなかった。第二の性別がオメガであることの利点といえば、アルファと番うと優れた子を産めるという、その一点だけだ。子ができないなら、発情の心配や、注射でそれを抑える必要があったりする分、ベータよりも面倒なだけだ。

帰宅してその診断結果をアビゲイルに伝えると、やはり彼女も驚いた様子だったが『大丈夫よ、今はいい薬があるから！』と抱き締めてくれた。

昨今のオメガに差別はなく、すべてにおいて他の属性と同じ待遇を受けられる。また、定期的に注射を打つことで、アルファを誘う発情も限りなくゼロに近いところまで抑えることができるようになっている。

凜音は年に一度の注射で十分発情を抑えられるそうだ。

オメガは女性とは異なり、発情しなければ子ができることもない。だから、注射さえ忘れずに打てば、暮らしはこれまでと変わらないし、なんの不利益もない。

再びそう自分に言い聞かせながら、凜音はアレックスの相手をするディランをそっと見つめた。

（できれば、ディランには知られたくないな……）

孤児の生まれの上に、子が産めないできそこないのオメガだと知られるくらいなら、平凡なベータだと思われているほうがまだましだ。

特別な好意を抱いているからこそ、彼にだけは知られずにいたいと凜音は強く思った。

気を取り直して、無理に元気な声を出して訊ねる。

「ディラン、お腹は空いてる？」

「それはもう、倒れそうなくらい」

即答した彼は、凜音が腕によりをかけて作った夕食のメニューを知ると、目を輝かせた。

今日作ったのは、シェパーズパイに、いろんな具を詰めてスパイスを利かせ、オーブンで焼いたローストポーク。それから温野菜に冷製ミネストローネだ。

「豪華だね。今日はなんのお祝い？」

盛りつけを手伝ってくれる彼に訊かれて、凜音は笑って「なんでもない普通の日だよ」

と答える。

どのメニューも褒めて、ディランは旺盛な食欲で平らげてくれた。

「リオンは料理が本当に上手だね。大学の寮の食事より美味しいよ」

「ディランは褒めすぎだよ」と苦笑して返しながら、本当はその場で小躍りしたいくらい嬉しかった。テーブルの足元では、自分の食事はすでに済ませたアレックスが、味つけをしていない肉を少しだけおすそ分けされて喜んで食べている。

一緒にテーブルに着いたアビゲイルは、食べながら笑顔で、凛音の明るくて礼儀正しい様子を教会に通う友人から褒められたことを話した。

「一人でどこにでも行けるようになったし、リオンはきっと、ディランからいい刺激を受けたのね」

「うん、そうだと思う」

凛音自身はそれに同意したが、当のディランは「そうかな」と笑って肩を竦めている。

「多少はそうかもしれないけど、でも、外に出ようとし始めたのはリオン自身の選択だからね。もっと自分を誇るべきだよ」

（誇るのは、ちょっと難しいけど……）

確かに、いっとき引き籠もっていた人間が再び外の世界と関わりを持つのは、とても困難なことだと言われている。

だが、自分はようやく少し人が怖くなくなったという程度だ。友人どころか、知り合い程度の交流ができ始めたばかりで、同年代の者たちと同じスタートラインにすら立てていない。正直、まだ誇れる状況にはないと思う。

だが、こんなふうに普通に周囲の人々と関わりを持つこと自体、これまでは諦めていた。

そう考えると、かなりの進歩ではある。

しかしそれは、凜音自身の努力というより、ディランがきっかけだ。

彼との出会いは、十五歳の凜音にとって、とても大きなものだった。

食事のあと、凜音が淹れた紅茶を手に、アビゲイルは仕事部屋に戻っていく。リビングルームには二人――いや、二人と一匹――だけになった。

「……実は僕、大学に行きたいってアビーに頼んでみたんだ」

凜音はソファで並んで座ったディランに伝えた。二人の間には、まったりと伏せたアレックスがいる。

マグカップを手にしたディランは、かすかに目を瞠る。

「いいね。アビーはなんて？」

「大喜びしてた」

凛音はクッションを抱え込むと続けた。

「就職したら、ちゃんと学費は返していくつもりだからって言ったけど、そんなのいらないって。どこの国のどの大学に行くのでも全面的に応援するし、寮に入るのが嫌なら一緒に引っ越すって言われたよ。まだ合格してないのに、気が早くてびっくりしちゃうよ」

彼女らしいね、とアレックスの艶やかな背中を撫でながら、彼は微笑んだ。大きな手で緩やかに撫でられたアレックスは気持ちよさそうに蕩《とろ》けてうとうとしている。

「そのくらいリオンのことが大切なんだよ……彼女は親の立場だから」

しみじみとした口調で言われて、うんと頷く。養子なのに、申し訳ないくらいに大事にしてもらっていると思う。

モバイルを持ったり、教会に行くようになったりと、凛音が外の世界に目を向け始めたことを、アビゲイルはとても喜んでくれた。

考えれば、凛音が引き籠もっていた間、彼女からやんわり外出に誘われることはあっても、一度も無理に何かさせられることはなかった。

アビゲイル自身は明るくて屈託がなく、思ったことをどんどん口にする性格だ。ロンドンには友人もたくさんいるし、近所の人たちともうまくやっていて、誰とでもすぐ仲良く話せる。そんな彼女にとって、家に引き籠もった養子の行動は、きっともどかしく感じられただろう。

それなのに、アビゲイルは凍りついた凛音自身の気持ちが解けるまで、何も強要せず、ただ静かに見守ってくれていた。そう気づくと、改めて養母への深い感謝の気持ちが湧いた。

凛音はこれまで学校に行かなかった分、人との関わりが極端に少ない。

もしも将来的に、家でできるような仕事を得られたとしても、他人を怖がったままで生きていくことは難しい。だから、これから先、自立してアビゲイルに恩返しをするためにも、少しずつでも他人と関わる練習をしていかなくてはと決意したのだ。

まずは来年、中等教育修了試験《GCSE》を受ける。大学に行くのであれば、その試験でいい成績を残して、二年制のシックスフォームカレッジに入らなくてはならない。

「試験対策とか、高等教育修了試験《Aレベル》についてとか、俺にできることがあればなんでも力になるよ。俺が受けた頃から多少変わったところもあるかもしれないけど、助言できることもあると思うし」

いつでも連絡してくれていいから、とディランは言う。

「ありがとう。すごく心強いよ」

凛音はホッとして笑顔で礼を言った。今度大学においでよと誘われ、大学生活や希望の学部などについて話す。

二人ともマグカップが空になったので、お代わりを淹れるために、いったん話を中断して、凜音はキッチンに向かった。

湯が沸くのを待ちながら、改めて凜音はディランとの出会いに心の中で感謝していた。

(……こんなふうに、いろんなことをやりたいと思えるようになったのは、本当にディランのおかげなんだよね……)

再び教会に行くだけでなく、大学に興味を持ち始めたのも、彼との関わりがきっかけだ。

訪れたディランは会話の端々で、大学の話をした。何気なく学内の写真を見せてくれて、歴史ある美しい建造物や、立派な図書館に凜音は目を奪われた。授業や大量の課題、読まなくてはいけない本、エッセイの締切、様々な催しなどといった話を聞くうち、自然と大学の勉強は大変そうだがやり甲斐があり、とても面白そうだと感じた。

それに、大学生の人種は多種多様で、アジア系も大勢いるらしい。地元のプライマリースクールなどとは桁違いに生徒数も多い。自分が歩いていてもそう悪目立ちすることはなさそうだと思うと、にわかに学ぶことへの欲求がむくむくと膨らんできた。

(とはいえ、オックスフォードはハードルがあまりにも高すぎるし……)

そもそも、三年後、凜音が無事大学に合格したとしても、その頃にはもうディランは卒業している。フォークナー教授も来年には引退するつもりのようだから、師事することは難しいだろう。

家から通える場所にもいくつか大学はあるが、凜音が学びたい中世文学の科を持つ大学は、やはりロンドン近辺に集まっている。五校まで出願できるので、将来のことも考えながら、じっくり志望校と学部を決めなくてはならない。

これまで未来のことなど考えずに来た分も、やることは山積みだった。


「そういえば、遊びに行くのはいつにしようか？」

その日の帰り間際、ふと思い出したようにディランに訊ねられ、凜音は驚いた。

「あれ、もしかして忘れてた？」

苦笑する彼に、慌てて言う。

「わ、忘れてないよ！　でも、あの話はなかったことになったのかと思ってたから」

『詩の授業で、君が教授に合格点もらえたら』

確かに以前、凜音はそう言って彼と出かける約束をした。ディランはそのことをちゃんと覚えていたようだ。

だが、そもそもの発端は、アビゲイルがディランの母エミリアを家に招待したいと言い出したことがきっかけだった。そして、母たちが楽しんでいる間、凜音たちは二人と一匹で出かけようということになったはずだ。

アビゲイルが声をかけると、エミリアはエヴァンズ家への招待をとても喜んでくれたそうだ。しかし、先日体調を崩した夫のことがまだ少し心気がかりなので、今はロンドンを離れがたいらしい。そこで、もしよかったらと、アビゲイルと凜音を自宅に招待してくれた。

ヴァレット家のロンドンの邸宅――つまりディランの実家だ。

それを聞いたディランも、ぜひおいでよと歓迎して、ロンドンを案内すると言ってくれた。

その話にはかなり魅力を感じたけれど、迷いもあった。何せ、凜音は長い間引き籠もっていたせいで、近所を歩く程度しか行動範囲がない。ロンドンなどという大都会には、まだ一度も行ったことがないのだ。せめて一度くらいは列車に乗る練習や、社交界のマナーを身に着けておかないと、挙動不審な行動で大失敗してしまいそうだ。

悩んだ末に、アレックスの世話があるからと、残念ながら凜音は今回は辞退することにした。アビゲイルは仕事で時々ロンドンを訪れているので、そのときに予定を合わせて、エミリアと二人で会うことになったと聞いて、ホッとした。

そんなこんなで、当初の話とはずいぶん違った流れになった。だから、ディランとの外出の話も消えたものだと勝手に思い込んでいたのだ。

おずおずと凜音がそう言うと、「まあ、母は来ないけど、せっかくだし。たまにはどこかに行くのも気分転換になるんじゃないかな」とディランは言った。

彼がふいに凜音の顔を覗き込んできた。

「――俺は、リオンと出かけたいと思って誘ってるんだけど」

少し照れたような顔で誘われて、カアッと頬が熱くなる。

きっと、外出にも他人にもまだ慣れていない自分は、緊張しておかしな失敗をしてしまうだろう。

それでも、ディランからの誘いを断ったりしたら、一生後悔する。

もう何も考えられなくなって、凜音は「僕も、い、行きたい」と、どうにか声を絞り出す。

よかった、と言って彼がにっこりと笑った。


せっかくだからとアビゲイルも誘ってみたけれど、ちょうど発売日が近い本があって、しばらくは丸一日の休みをとるのは難しいようだ。

「残念だけど、ディランと一緒なら安心だし、私は留守番してるわ。車は使っていいから、お土産話を楽しみにしてるわね」と彼女はにこにこして言った。

ディランとメッセージをやりとりして、互いの希望をすり合わせ、行き先を決める。大学を案内する案も出されたけれど、それでは彼の息抜きにならないだろうと今回は別のところに行くことにする。アレックスは車に乗るのが大好きなので、ドライブをメインにしつつ、直近の休日にディランが予定を空けてくれることになった。

そうしてアビゲイルに見送られ、二人と一匹はディランの運転する車で出かけた。

アビゲイルの愛車は真っ赤なレンジローバーで、後部座席ではアレックスものびのびできる。少し車体は大きめだが、ディランはとても運転が上手で、危なげなくハンドルを握っている。運転席にいる彼を見ていると、凛音も免許を取りたいと初めて思った。

まずは高速道路を西に進み、近場の観光地を目指す。

「大学の周辺は多少回ったけど、西側にはあまり足を延ばしてないから新鮮だよ」

家から車で三十分ほどのところにある、中世に建てられた古城の庭園を散歩しながら、ディランが言う。アレックスが一緒なので、ペットが入れるところだけを外から巡る。

「そうなんだ。僕、ぜんぜん出かけないから、すべてが新鮮かも」

アレックスのリードを手に握った凛音は、正直に言う。幼い頃は、アビゲイルが動物園や水族館など、様々なところに連れていってくれた覚えがあった。だが、引き籠もるようになってからは一度もない。こんなふうに出かけるのは、本当に久し振りだ。

ディランがふと動きを止めてこちらを見た。

「こうやって外出できるようになったのが、なんだかまだ、夢みたいなんだ」

真面目な目で見つめられて、迷いながら続ける。

「恥ずかしいんだけど、最近、やっと、教会にも行けるようになって……本当はごく普通のことだよね。でも、僕にとってはすごく大きな一歩なんだ」

「とても勇気がいることだと思う」

そう言いながら、手を伸ばしてきた彼にそっと髪を撫でられて、凛音はどきっとした。

「これから少しずつ、行動範囲を広げていけばいい。凛音の人生はまだずっと先まで続いてる。いつかはきっと、ロンドンどころか、海外にだって行けるようになるよ」

噛んで含めるように、ゆっくりとディランは言った。

なんでもできる彼にとって、凛音の一歩は蟻《あり》の一歩くらいだろう。

それなのに、ディランが気休めではなく、心から自分を励まそうとしてくれているとわかる。彼の優しい気持ちがじんわりと胸に沁《し》みた。

〝君が来てくれるようになってから、人が怖くなくなったんだ〟

そう伝えたかったけれど、照れくさくてうまく伝えられない。

「あの……だから、こうして誘ってくれて、すごく嬉しかった。ありがとう」

もじもじしながら、せめてそれだけはと凛音は伝える。

「いえいえ。迷惑かなと思いながらも、諦めずに押してみてよかったよ。な、アレックス？」

彼がにっこりして声をかけると、名を呼ばれたアレックスが尻尾をぱたぱたする。

「リオンといると、俺も楽しいよ。今日も隣ですごく楽しそうにしてくれるから、運転し甲斐がある。一緒にいると、普段の疲れが全部消えていく気がするくらい」

「だ、だって、それは、ディランがいいところに連れてきてくれたから」

褒め上手な彼の言葉に凜音はどぎまぎする。

凜音が家を離れてものびのびとしていられるのは、彼のおかげだ。

他にもメジャーな観光地はたくさんあるけれど、ディランが目的地からそういった人の多そうなところを外した。そうして、『最初の遠出だし、なるべくのんびりできそうな場所にしよう』と言って、こうして少し鄙《ひな》びた古城を選んでくれたからだ。彼自身はきっと、もっと有名な観光地など、他に巡りたいところがあっただろうに。

初めは少し緊張していた凜音は、アレックスも一緒なこともあって、だんだんと普段通りでいられるようになった。もしこれが他の誰かとの外出だったら、こんなふうにリラックスした気持ちでは過ごせなかったはずだ。

ディランの優しい気遣いに、凜音は深く感謝していた。

昼には港町のほうまで足を延ばし、彼が調べておいてくれた、アレックスも一緒に入れるドッグカフェでランチをとることにした。

お洒落な内装の店では、茹《ゆ》でた野菜と胸肉をフリーズドライにした犬用おやつを出してくれて、アレックスも大喜びだ。凜音たちは自家製ピッツァとサラダをシェアすることにした。

　食べ終えたあと、海を眺めながら散歩をすると、少し冷たい潮風が気持ちよかった。

　どこに行ってもアレックスは通行人から話しかけられ、そのたびに尻尾をぶんぶんと振っては愛想を振り撒いている。

「アレックスはお年寄りから子供まで大人気だね」とディランは笑っている。

「うん、ご近所の人にもこうして尻尾振って、すぐに仲良くなっちゃうんだ。ちょっと、アビーと似たとこがあるよ」

　確かに、と苦笑する彼は、瞳の色が薄いから眩《まぶ》しいのか、日差しの強い時間、外に出るときは珍しくサングラスをかけている。

　いつもと変わらない飾り気のないシャツとジーンズ姿なのに、やけに足が長くてスタイルがいい。サングラスをかけると、まるで俳優みたいに決まっていて、凜音はついチラチラと横目で彼を見てしまう。

　美しい瞳の色を隠しているせいか、顔立ちの良さが逆に際立って人目を引いている。すれ違う人たちも皆振り返り、飲みものを買うために彼が凜音たちから離れると、すぐに女性たちに声をかけられているのが見えた。

（……きっと、大学でもすごく人気があるんだろうな……）

　道の端でしゃがみ込み、アレックスを撫でながら、ぼんやりとその様子を眺める。凜音は外の世界での彼の様子を初めて垣間見た気がした。

家で会うばかりだったので、これまでは気づかなかったが、外で一緒に行動してみると、ディランは完璧な紳士だった。

店に入るときは、ドアを開けて凜音を待っていてくれるし、椅子を引いて座らせてくれる。通行人が多くなると、凜音の背にそっと手を触れたり、空いた方の手を取ったりして、はぐれないようにエスコートしてくれる。しかも、どれも無理にやっているという感じではなく、身に沁みついたような自然なしぐさだ。

女性扱いされているわけではなく、紳士として年少者への気遣いなのだろう。信じられないくらいに格好いい彼に丁寧に扱われるたび、凜音の中で嬉しさと羞恥心が綯《な》い交《ま》ぜになった。スマートに受け入れればいいと思うのに、どうにか礼を言うことしかできない自分が恥ずかしい。

その日は、帰る途中の道にある、シーフード料理が有名だというレストランに予約を入れて、早めの夕食をとった。テラス席だから、アレックスも一緒にいられる。

「リオン、写真を撮ってもらおうよ」

「写真?」

凜音が目を丸くすると「うん、今日の記念に」とディランがにっこりする。

「ディランは写真が好きなの?」

「そうだね。特別いいことがあったら、思い出に残しておきたいと思うよ。そうしたら、何年もあとになっても見返せるだろ？」

今日が彼にとっても楽しい一日だったのだと伝えられて、嬉しい気持ちが込み上げる。凛音も今日の写真が欲しいと思った。

頷くと、ディランは飲みものを運んでくれた店員に、「すみません、写真をお願いできますか？」と頼む。店員はもちろんよ！と快く応じてくれる。

「はーい、撮るわよ！　ワンちゃんもこっち向いてちょうだい」

店員がひらひらと手を振ってアレックスの視線を向けさせる。伏せていたアレックスが喜んで身を起こす。

店員に礼を言って、ディランがチップを渡す。撮った写真を見せてもらうと、モバイルの画面には、ぎこちない笑顔の凛音に、ディランが爽やかな笑みを浮かべて顔を寄せ、テーブルに前足をかけたアレックスもご機嫌顔でちゃんと映っていた。

ディランがデータを送ってくれたので、帰ってから土産を渡しつつアビゲイルに見せた。

「あら、いい写真ねえ！　これは飾りたいからプリントしましょう」

凛音もそう思ったので、記念に二枚プリントして、一枚は家のリビングルームでフレームに入れて飾り、もう一枚は自分の部屋でファイルに入れて大事に取っておくことにした。

時折見返すと、夕暮れを背に、全員が笑みを浮かべている。

その写真は、それから長い間、凛音の大切な宝物になった。

アレックスのリードを持った凜音は、木々に挟まれた舗装されていない道に入る。落ち葉を踏むたびサクサクと音がした。

＊

十一月に入ると、次第に朝の散歩の時間も冷えるようになってきた。厚手のパーカーを着てきてよかったと思いながら、凜音は先へ進む。

「リオン、アレックスも、ちょっと待ってぇ」

凜音たちはその声に足を止めて、アビゲイルが追いついてくるのを待つ。少しして、ジャンパーにジーンズ姿で、額に汗を浮かべた彼女がやっと凜音たちに追いつく。ぜいぜいと呼吸を繰り返しながら、決意するように言った。

「もうわかりました、自分が運動不足だって実感したわ」

「そうでしょう？　頑張って誘ってよかった」

凜音はホッとして、「よかった、アビーがわかってくれたよ」とアレックスに言う。アレックスは早く先へ行きたくて少々不満そうだ。

最近企画出版した本の売れ行きがどれも絶好調だというアビゲイルは、ここのところ仕事にかかりきりで、食事の時間以外にはほとんど仕事部屋から出てこない。あまりに不健康な生活で、さすがに凜音も心配になった。

時間がないのはわかるけれど、こうも毎日籠もっていては体に悪い。

ジムに行くことまでは勧めないけれど、せめて朝と夕方のどちらか、アレックスの散歩くらいは一緒に行ってほしい。そう頼んで、今日はまだ眠そうな彼女に起きてもらい、一緒に連れ出したのだ。

愛犬のペースで歩きつつ、凜音は時折足を止めて、アビゲイルがやや遅れてついてくるのを待つ。

アレックスのお気に入りのルートは、近所にある公園を目指してささやかな森を抜ける道だ。アビントンの街をぐるりと一周して、朝夕、三十分から一時間程度は歩く。

「いつもこんなにたくさん歩いてたかしら？」

「ここしばらくアビーは一緒に来てなかったから、忘れちゃったんじゃない？　前はもっと長く散歩してたよ。最近、アレックスも年を取ったから、少し散歩の時間も短くしたけど」

苦笑する凜音に、アビゲイルは顔を顰めている。

「ああ嫌だわ、運動不足だけじゃなくて記憶まで曖昧よ。もっと頭も体も動かさなくちゃ」

彼女は凜音たちのペースについてこられないことに、ずいぶんショックを受けたらしい。

明日からは、できる限り朝晩の散歩に同行すると約束してくれてホッとした。

途中にある住宅地の中の公園に立ち寄り、開けたグラウンドを眺められるベンチで少し休憩する。アビゲイルがベンチに座り込み、ぐったりと休んでいる間に、凜音はアレックスに水を飲ませた。

「エミリアはパーソナルトレーナーをつけてトレーニングしてるって言ってたわ。この辺りにもそういうスタジオあるかしらね？」

「あるかも。ロンドンほど多くはないだろうけど、需要はありそうだし」

先日、約束通りアビゲイルは仕事を兼ねてロンドンに赴き、エミリアに会ってきた。邸宅を訪れて茶を振る舞われ、エミリアからは凜音にと土産までもらって、気遣いに感謝していたところだ。

エミリアの名を聞いてふとディランのことが頭をよぎる。

「そういえば、ディランのお父さんって具合はよくなったの？」

「ええ、家にお邪魔したときお会いしたけれど、元気そうだったわよ。旅先で発作が起きたあと、しばらく大事をとって療養していたって聞いたけれど、今は安定しているみたい。どうしたの？　ディランが何か言ってた？」

訊ねられて、ううん、と言って凜音は首を横に振る。

ただ、先日家にやってきたとき、珍しくディランは少し疲れた様子だった。そのときは、一本早いバスで着いた彼が、今日は一緒に行くと言ってくれたので、夕食前にアレックスの散歩に同行してもらったのだ。しかし、どこか心ここにあらずという感じだったのが気にかかった。

何かあったのかと躊躇いながら訊いてみると、どうも、ロンドンの自宅に戻って父と話したところ、大学卒業後のことで意見が合わずに揉《も》めたらしい。

彼自身は、卒業後は何年か社会で下積みをしてから、父のそばで補佐をして学ぼうと考えていたが、父親のほうは、少しでも元気があるうちに彼に教えたいことがあるようで、二人の考えは行き違っているらしい。

「……だから、もしかして、そんなにお父さんの具合悪いのかなって、ちょっと心配になって」

凜音がそばでお座りをしたアレックスを撫でながら言うと、アビゲイルは合点がいったというように頷いた。

「ディランは長男だしね。エミリアのところは家柄的にも継ぐものがいろいろありすぎて、きっと大変なんでしょう」

そう言われて、なんとなく、凜音も状況を理解する。

この国の貴族は、未《いま》だに長子相続制を取っている。それは、長男に領地や資産、爵位などをすべて受け継がせ、財産が分割して家が廃れるのを防ぐ仕組みだ。

ディランには長女の下に双子という三人の姉がいるけれど、ヴァレット家は貴族なので、もし現当主である公爵が亡くなれば、長男であるディランが莫大《ばくだい》な資産のすべてを受け継ぐことになる。

それと同時に、彼はヴァレット財団の資産を管理し、家族を養う義務も背負うということだ。

名門の一家に生まれ、守るべきものが多くあり、重圧は自分などの比ではないだろう。いつも泰然としている彼の心の中を想像して、凜音は小さくため息を吐いた。

「大変なんだね……」

「あら、私が天に召されたら、あなたもバーナード男爵になるのよ？」

アビゲイルに笑って言われてぎょっとする。

「僕は爵位なんていらないよ」

貴族の身分など、どう考えても自分には分不相応だ。

「そう言わないで。ディランのところとは比べものにならないけど、少しだけど財産もあるから。私は一人っ子だし、両親の兄弟ももう他界してしまっているしね。リオンが受け継いでくれないと困るわ」

もちろん、エヴァンズ家の墓はちゃんと継ぐつもりでいるが、財産と爵位は気が重い。

話しているうちに、いつかアビゲイルが先に天国に行ってしまったら、と想像して、心《こころ》許《もと》ない気持ちが込み上げてきた。

「アビー、どうか長生きしてね」

切実な思いで言うと、「あらあら、どうしちゃったの？」と彼女は苦笑して凛音を抱き締めてくれる。

「大丈夫よ、まだまだ長生きするから。今日から心を入れ替えて運動するわね」

凛音の背中をポンポンと叩いてから身を離し、にっこりして言ってくれるのに少しホッとした。


翌週、いつものようにディランが家にやってきた。

三人で夕食をとったあと、アビゲイルが仕事部屋に引き上げると、ディランはフォークナー教授と友人の集まりに同席したときのことを話した。

皆が彼の詩を褒め、教授の友人たちもそこまで導いた凛音の存在に興味を抱いていたと聞いて、恐縮してしまう。

「そういえば、またリオンの詩が雑誌に載ったんだって？　アビーから聞いたって母から教えてもらったよ。毎週のように会ってるのに、どうして俺には教えてくれないんだ？」

不思議そうに言われて、「ごめん、なんだかわざわざ言うのが恥ずかしくて」と凛音は正直に答える。

読みたいと言われて、部屋に雑誌を取りに行くために立ち上がる。

すると、うとうとしていたアレックスが少し眠そうな顔でついてきた。最近、アレックスは二階にある凜音の部屋で眠ることが多いのだ。部屋に置いて戻るのもかわいそうなので、ディランに雑誌は自分の部屋で読んでもらってもいいかと言って、一緒に移動する。

アレックスは凜音の部屋に入るなり、のそのそとベッドに乗る。枕元の辺りで何度か回ると、すぐに丸まって眠る体勢になった。

凜音の部屋には天井までの高さの本棚が三つあり、そのすべてに本が詰まっている。あとの家具はベッドとラップトップを置いた机だけだ。

普段使っているショルダーバッグは机の横にかけ、その他のバッグ類や衣類などはクローゼットの中にしまってある。壁には家に迎えたばかりの頃からの気に入っているアレックスの写真を何枚か貼っているが、他に装飾的なものは何もない。我ながら味気ない部屋だと思う。

ここにアビゲイル以外の人間が入ったのは初めてだけれど、毎日掃除しているから問題はないはずだ。

そう思って通したのに、実際にディランが入ってくると、おかしなところはないかと心配になった。彼が何気なく視線を巡らせるのに心臓が竦み上がる。

（なんだか、どきどきする……）

「は、はい、これ」

動揺を押し隠して、本棚から目的の雑誌を抜き出すと、急いで彼に渡す。

ありがとうと言って、彼はベッドの端に腰を下ろす。それから、付箋の貼られたページに目を落とした。

どこでどうしていたらいいか悩み、凛音も彼のそばにちんまりと座る。

ゆっくり読んで、もう一度読み返してから、ディランは雑誌を閉じた。

「……今回の詩も、とてもいいね。リオンの言葉選びが好きだな」

しみじみと頷くと、彼は凛音を見て微笑む。

「最近、作者の名前を見なくても、リオンが詠んだ詩だってわかるようになってきた」

「ほ、ほんと？　それは、嬉しいな。光栄だよ」

もじもじしながら凛音は礼を言った。

ディランは凛音の詩に興味を持ち、発表したものはほぼすべて目を通してくれている。その彼にそんなふうに言ってもらえて、嬉しいような照れくさいような気持ちが湧いてきた。

勉強のほうは順調かと訊ねられて頷く。来年受けるテストの過去問題を解いてみると、ほぼ満点で、これまでホームスクーリングでサボらずに学んできた成果はあったようだ。

自転車で通える場所にあるシックスフォームなら問題なく入れそうだと言うと、「リオンなら心配いらないと思ってたよ」と彼は安堵したような笑みを浮かべた。

前回はどこか疲れた様子だったけれど、今日はいつも通りのディランのようだ。

内心でホッとしつつ、凜音は伝えたいと思っていたことを思い出した。

「あのね、ディラン」

「何?」

「僕は、料理とかお菓子を作ることくらいしかできないんだけど……この家に来て、君が少しでもくつろいだり、息抜きできたら嬉しいと思ってる」

どう言っていいのかわからず、正直な気持ちを口にする。凜音の言葉に、ディランが照れたように目を細めた。

「ありがとう。いつもここに来ると、じゅうぶんすぎるくらいに癒やされているよ。……リオンは優しいね」

「や、優しいのはディランのほうだよ。大したことはできないけど、君のために、僕にできることがあればなんでもするから」

自らの手を握り込み、凜音は必死の思いで言う。すると、彼がかすかに目を瞠った。

少し考えるように視線を彷徨わせてから、ディランが切り出す。

「じゃあ、もしよかったら一つ、お願いをしてもいいかな」

もちろん!と凜音が答えると、彼が少しの間のあとで言った。

「ハグしてもいい？」

意外な願いに、凜音は一瞬目を瞬かせた。

軽いハグなら初対面の挨拶でもするものだ。あまり人と関わってこなかった自分はそれほど慣れていないけれど、アビゲイルは毎日のようにハグしてくる。そもそも、ディランにも、以前されたことがあったはずだ。

「いいよ」と凜音はにっこりして答える。

二人ともベッドに座っているので、どうしたらいいのかと思っていると、ベッドに乗り上げた彼が手招きをしてきた。膝を突いて近づいた凜音の背中に、彼の腕がそっと回ってくる。

「わ……っ」

次の瞬間、膝裏を掬い上げるようにして、凜音は彼の膝の上に横抱きに乗せられていた。

ディランの胸元に頭を預けるような体勢で、そのまま抱き締められる。

一回ぎゅっとされて終わりかと思ったら、違った。

凜音を自らの胸元にもたれさせた彼は、そのまま少し身を倒し、ベッドの上に積まれたクッションに背中を預けた。大きな手が凜音の背中を撫で、髪に唇が触れる。

（ハグって、こういうこと……？）

凜音の心臓の鼓動が跳ねる。

「もし、嫌だったら、そう言って」

驚きに身を硬くしたが、彼の言葉に、凜音はぎこちない動きで体の力を抜く。

彼がしたいのなら、好きなようにしてもらいたいと思ったのだ。

凜音の頬が触れている彼のシャツからは、かすかな香りがする。愛用の香水なのか、石鹼なのかわからないけれど、たまらなくいい匂いで、ずっと嗅いでいたくなるほどだ。

ディランの体はアビゲイルのように柔らかくはない。胸元も、尻の下にある腿《もも》も、硬く引き締まっている。

それなのに、自分より体温が高く、一回り大きな彼の逞しい体にゆったりと抱き締められていると、不思議なくらいに心地がよかった。

(いい匂い……気持ちいい……)

最初は緊張していたはずなのに、強張りが解けていく。彼の匂いと体温を感じているうち、だんだんと凜音は安堵で満たされていった。

ディランに何もかもを預けて、深く息をつく。

「……凜音? 寝ちゃったの?」

甘い囁《ささや》きで、優しく問いかけられる。寝ていないよ、と首を横に振ろうと思うのに、体がうまく動かない。

とろとろと微睡《まどろ》んでいると、唇の端に、何か温かいものが触れる。

（あれ……いま、キス、された……？）

唇に触れるか触れないかのところに、そっと口づけをされたような気がしたのは、錯覚だろうか。

もう何も考えることができず、凜音は吸い込まれるような眠りの中に落ちていた。

*

今日焼いたマドレーヌとマグカップに注いだコーヒーをトレイに載せ、凜音はアビゲイルの仕事部屋に持っていく。

「アビー、差し入れを持ってきたよ」

ドアをノックしてから開けると、手元のゲラに書き込みをしていたアビゲイルがパッと顔を上げた。

「ああ、リオンありがとう！　嬉しいわ、ちょうど小腹が空いてたところよ」

彼女は大げさなほど喜んで立ち上がる。今は、間もなく校了になる書籍原稿の最終チェックをしているらしい。凜音は仕事の邪魔にならないよう、袖机の上にトレイを置いた。

「ほどほどのところで休憩してね。僕、アレックスの散歩に行ってくるから」

「気をつけて。明日の朝は私も一緒に行くわ」

部屋を出かけたところで、凜音は何気ないふうを装って「あ、そうだ」と言う。

「さっきメッセージが来てたんだけど、ディランは今週も来られないみたい」

満面に笑みを浮かべてマドレーヌをぱくつこうとしていたアビゲイルは、みるみるうちに悲しげな顔になった。

「そう……彼もきっと忙しいのね」

　凜音が差し入れたマドレーヌは、明日来るはずだったディランを迎えるために焼いたものだとわかってしまっただろうか。皿の上にマドレーヌを置いて立ち上がると、彼女はドアのところにいる凜音のもとまでやってきた。

　凜音の肩を抱き、髪にキスをする。

「リオン、そんなに悲しそうな顔をしないで。きっと来週は来てくれるわよ」

「大丈夫、落ち込んでなんかないよ。僕も試験対策でやることはたくさんあるし」

　そうよね、とアビゲイルは微笑む。

「もし気になるなら、エミリアを通じて、ディランがどうしているのかさりげなく訊いてみましょうか？」

　凜音は慌ててぶるぶると首を横に振った。

「き、訊かないで！　むしろ、忙しいのにディランがこれまで来てくれてたことに感謝してる。大学から往復一時間もかかるんだから、時間が惜しいことだってあったと思うんだ。これからは僕も、ディランが来てた時間も勉強に充てて頑張るつもりだから」

　心配そうなアビゲイルに空元気で笑顔を見せると、凜音は仕事部屋を出る。

　リードを咥えて待っていたアレックスをお待たせ、と撫でて、支度をすると家を出た。

——最後にディランが来たのは、もう三週間も前のことだ。

初めての来訪以来、用事がない限り、定期的に凜音たちの家を訪れていた彼は、なぜか今月に入ってから顔を見せなくなってしまった。

律儀な彼のこと、事前にきちんと断りの連絡をくれるのだが、その理由は、エッセイの締切だったり、友達の発表の手伝いだったりと様々だが、今週の理由は『ちょっと風邪《かぜ》気味だから』というものだ。

二人に移さないように、治ってから行ってもいいかな、という一言がつけ加えられていたが、おそらくそれは凜音を傷つけないための気遣いだろう。

（いったい、何がいけなかったんだろう……）

アレックスといつもの道を公園に向かって進みながら、凜音は悩み続けていた。

ディランが来なくなってしまった理由が、凜音にはさっぱりわからなかった。

最後に来たとき、凜音は彼のためになんでもしたいと伝え、ディランはハグを望んだ。

彼に抱き締められて、あまりの心地よさに凜音はうっかり眠ってしまった。

ディランも凜音を起こせないまま、うとうとしていたようだ。まだ彼が帰っていないことに気づいたアビゲイルが、眠っている二人に声をかけ、目覚めた凜音たちは慌てた。アビゲイルが車で寮まで送ると言ったが、ディランはぎりぎりオックスフォードに戻る最終バスに間に合ったようだ。

慌ただしかったけれど、別れ際には、ディランは『また来週』と言って笑顔を見せてくれた。

その後、凜音はメッセージで、寮に帰らなくてはならない彼にもたれて眠ってしまったことを謝罪した。ディランからは『リオンのせいじゃないよ、気にしないで』と返事が来て、少しも怒ってはいないようでホッとした。

その後も何度かメッセージのやりとりをしたが、特に彼が気を悪くするような話はなかったように思う。

ディランが訪れなくなった理由はわからない。

三回も続けて来ないということは、彼はもうこの家に来るつもりはないのかもしれない。

だが、彼は優しいから『もう行かない』とは言えずにいるのではないか。

(ディランの負担にならないよう、僕から切り出さなきゃ……)

悩みながら、凜音は黙々と足を動かす。

「こんにちは、リオン。アレックスも」

たまに同じように散歩をしている知り合いの犬と会い、飼い主と挨拶をしてすれ違う。

ご機嫌なアレックスと一緒に歩き、いつもの公園に着いた。

広場では数人の子供たちがサッカーをして遊んでいる。

羨ましそうにそれを見つめるアレックスの後ろ姿を眺めながら、ベンチに座った凜音は、ポケットからモバイルを取り出した。

やけに重たく感じる指先で、ぽつぽつとメッセージを打つ。

『風邪は大丈夫？　早くよくなりますように。

それと、今まで忙しい中、来てくれてありがとう。

でも、これからはどうか無理しないでほしい。

アレックスと三人で出かけた日は、本当に楽しかった。

これからもずっと、君の幸福を祈っています。

感謝を込めて。リオン』

何度も打ち直して、やっと書き上げた。

なるべく湿っぽくならないように書いたつもりだったが、なんだかうまくまとまらない。

本当は、何が駄目だったのかをディランに訊きたかった。

そうして、できることなら謝って許してもらいたかったけれど、どうしても彼が来なくなってしまった理由が思い当たらない。

だが、よくよく考えてみれば、四歳も年下の自分の相手をしてもらうこと自体が、大学生の彼にとっては負担だったのかもしれない。会話と言えば、アレックスのことか、料理や菓子、詩や本の話くらい。凜音は彼と過ごせることが楽しくてたまらなかったけれど、ディランにとっては相当退屈な時間だっただろう。

彼は、引き籠もりだった自分に、一歩を踏み出すきっかけをくれた。

ただ、詩を作る手伝いをしただけで、もう礼もしてもらった。それなのに、目的が済んだあとも、ディランはわざわざ往復一時間もかけてこの家を訪れ、貴重な時間を使ってたくさん相手をしてくれたのだ。

——それだけで、もう十分ではないか。

アレックスが『まだここにいるの？』と言うように鼻先で、凜音の膝をつんとつついてきた。

まだ迷っていた凜音は、えいやっとメッセージを送信する。

返事が来ないかと何度も確認してしまいそうな自分が嫌で、モバイルの電源を切ると、ジーンズのポケットに押し込む。

「ごめんよ、お待たせ」とアレックスをわしわしと撫でて立ち上がる。胸の痛みを押し隠して、凜音はアレックスとともに家への道を歩き始めた。

アビゲイルと夕食をとり、シャワーを済ませる。脱いだ服をカゴに入れようとしたとき、ジーンズのポケットの中に入れっぱなしだったモバイルの存在を思い出した。

（そうだ、電源を切っていたんだっけ……）

このモバイルに連絡をくれるのは、限られたわずかな人たちだけだ。

ディランと縁が切れたら、もうわざわざこれを持つ必要もない気がする。

(ディラン、メッセージを読んでくれたかな……)

そう考えながら、モバイルを持って部屋に戻り、重たい気持ちで電源を入れる。

「ひゃっ⁉」

小さな画面を見つめていると、電波が繋がると同時に、モバイルがブルブル震え始めて、凜音は慌てた。

確認するまでもなく、次々と通知が届く。

「な、なに?」

いくつものメッセージに、電話の不在通知——すべてディランからだ。

急いでメッセージを開く。

『メッセージを読んだよ。ごめん、行き違いがある。そうじゃないんだ』

『話がしたい。今、電話してもいい?』

『リオン、誤解を解かせてくれ』

モバイルを凝視して、凜音は呆然とした。

続けざまに送られていたメッセージにはさっぱり気づかずにいた。

ハッとして、急いでメッセージや電話の時間を確認する。最後に彼から送られたメッセージは、三十分ほど前。電話の不在通知も同じ頃だ。

(ど、どうしよう……)

ともかく、返事を送らなくてはと思う。

いや、まずは電話をするべきだろうか。

動揺しつつモバイルを弄《いじ》っているうちに、着信音が鳴り、凜音は飛び上がった。

画面にはディランの名前が表示されている。

「も、もしもし……?」

『――リオン? よかった、やっと出てくれた』

モバイルから聞こえてくるため息交じりの彼の声は、少しかすれている。いつもとは違うその声を聞いて、凜音はハッとした。

「ディラン、もしかして、本当に具合悪いの?」

『ああ、ちょっと風邪引いちゃって。でも、さっき薬も飲んだし、寝ていれば明日にはよくなると思う』

凜音は青褪めた。

『風邪気味で』と訪れをキャンセルされたのは、エヴァンズ家を訪問しないためのいいわけではなく、本当のことだったのだ。

「ご、ごめん、そんなときにメッセージ送っちゃって」

『いいんだよ。でも、読んでびっくりしたよ。リオンが何か誤解してるとわかって、ともかく急いで話さなきゃと思ったんだ』

話は風邪が治ってからにして、ゆっくり休んでほしいと頼んだけれど、ディランは引かなかった。

『昨夜は熱が高かったんだけど、今はずいぶんましなんだ。このままじゃとても安穏と休んでなんかいられない。大丈夫だから、話を聞いてもらえる？』

「わかった、でも、もしつらかったらすぐに言ってね？」

やむを得ずそう言うと、彼は一つ息をついてから話し始めた。

『俺がそっちに行かなくなって、君がそこまで思い悩んでるとは思わなかった。今週は、本当に体調が万全じゃなかったんだけど……実はここ何週間かは、もうリオンたちの家には行くべきじゃないのかもと思ってたんだ』

彼は言葉を選ぶようにして続けた。

『……先月行ったとき、リオンは最近できた友達の話をしてくれただろう？』

一瞬疑問に思い、すぐに誰のことだか思いつく。

「もしかして、オリバーのこと？」

『そう、アレックスにパンをくれるっていう、ベーカリーの息子のオリバーのことだよ。短期間でずいぶん仲良くなったみたいで、話を聞いて、最初は微笑ましく思ってた。教会に行くようになって、新しい友達ができたりもして、君の世界が広がるのを俺も嬉しく思っていたんだ。だけど……一歳違いの友人ができたなら、俺が押しかけるのは、君の負担になるかもしれない。リオンはいい子だから、友達ができたからもう来なくていいとは言えないんじゃないか。あれこれ悩んで、どうすることがいいのかって悶々《もんもん》と考えてた』

凜音は彼の話に仰天した。

「ち、違うんだ、ディラン。確かに、オリバーとは友達になったけど、特に親しいわけじゃないよ。学校に通っていて友人もたくさんいる彼にとっては、僕は単なる近所の知り合い程度でしかないと思う。でも、彼のことをわざわざ話したのは……僕が、たくさんいるディランの友達に、嫉妬したから」

『嫉妬?』

驚いたように言われて、恥ずかしかったが、言わないわけにはいかなかった。

凜音がオリバーの話をする前に、ディランは大学の近くにできたパブの料理のことを話してくれた。

美味しそうだったので、リオンは何気なく、その店のウェブサイトをモバイルで検索してみた。すると、店のブログには、訪れたオックスフォード大生たちの写真が何枚かアップされていた。

その中にはグラスを手にしたディランの姿もあった。数人のグループで訪れたらしく、女の子も何人かいた。そして、一人の綺麗な金髪の女の子が、ディランの隣で写真に写っていた。

『ああ……あのとき撮った写真か。でも、あれは同じセミナーを受けてるだけの同期生たちだよ?』

ディランは不思議そうに言う。

「わかってる。でも、僕……なんて言っていいかわからないけど、すごく、ショックだったんだ」

凜音はその写真を見て、内心で激しい動揺を感じた。

ディランは交際相手はいないと言っていたから、彼女と交際しているわけではないだろう。しかし、彼には同期生も友人知人も数え切れないくらいいて、凜音よりも広い世界で生きている。

いっぽう、小さな箱庭のような世界で生きてきた自分には、会話に出せる知り合いがいない。なんとも言えない気持ちになり、わざわざ最近できたばかりの知り合いであるオリバーの話をしたのだ。

「オリバーは本当にただの友達だけど、君が皆に囲まれて、綺麗な女の子の隣で楽しそうにしてる写真を見たら、何か言わずにはいられなくて、彼の話をしたんだ。ごめん、君が彼の話で嫌な気持ちになるとは思ってもいなかったから」

謝らないで、と言ったあとで、ディランがふっと笑う気配がした。

『……リオンは、俺が友達に囲まれている写真を見て、もやもやしたんだ？』

凜音は正直に、うん、と答えた。

「ディランには僕が知らない世界がいっぱいあるって思ったら、すごく切ない気持ちになった。仲良くなれた気がしていたのに……僕は、君の特別じゃないんだって気づいたから」

正直な思いを吐露すると、電話の向こうでふーっと彼が息を吐く。

『あー……、なんだか、熱が上がってきたかも』

えっ⁉ と凜音は慌てたが『風邪は大丈夫、そっちの熱じゃないから』と彼はわけがわからないことを言う。

本当に大丈夫なの？と凜音が訊ねると、彼は悩むように一瞬口籠もる。

『大丈夫だから、もう少しだけ話を聞いてほしい……まだ少し熱があるから、もしおかしなことを言ったらごめん』

そう言い置いてから、彼は続けた。

『さっきの話は……本当は、建前なんだ』

「建前？」

『そう。君に友達ができたっていう話を聞いて、正直、複雑な気持ちになった。そんなにオリバーはいい奴なのか、どこがいいんだ？　俺よりも？　って君に問《と》い質《ただ》したい衝動が湧いた。もちろん、俺にそんなことを言う権利はないし、友達ができるのはいいことだとわかっている。君の世界が広がって喜んでいるのも本当なのに、心の一部では、猛烈に苛々したし、嫉妬もしていた。本音では、リオンには、俺以外の誰かに目を向けないでほしいと言いたかった』

（……ディランも、嫉妬してたなんて……）

予想外のことだったが、確かに彼はそう告白した。

『……そのときに気づいたんだ。自分が君に、どういう感情を抱いているのか』

その言葉を聞いて、凛音は耳を疑った。

わずかにかすれた彼の声に、心臓がぎゅうっとなる。

顔が熱くて、胸が苦しい。何か言いたいのに、問いかける言葉がうまく出てこない。

凛音がまごまごしていると、ディランがはあ、とかすかに息をつくのがわかる。

『突然こんなことを言い出して、驚かせちゃったよね』

「ううん、僕のほうこそ」

『……少しだけ、時間をもらえるかな。熱が下がって、落ち着いて考えてから、改めて話をさせてもらってもいい？』

「も、もちろんだよ」

凛音の答えを聞き、ディランはホッとしたように礼を言った。

『また必ず、そっちに行くから』

お大事にと言って、その日は電話を終えた。

――自分だけじゃなく、二人ともが、互いの交友関係にやきもきしていた。

足元がふわふわとしたまま、地に着いていないような感覚がある。

凛音はただひたすら、ディランの風邪が早く治るようにと祈った。


翌日には彼の熱も下がったらしい。さらにその次の日には『もう大丈夫だよ』というメッセージが届き、ずっとディランの体調を気にかけていた凛音は、安堵で胸を撫で下ろした。

「いろいろばたばたしてて、先月はごめん」と言って、その次の週、ディランは手土産の菓子を手に、またアビントンのエヴァンズ家にやってきた。

久し振りに三人で茶を飲んだあと、アビゲイルが仕事部屋に戻ると、「例の件、ちゃんと考えてるから、もう少し待っててね」とディランが言った。思わずぼうっとしてしまい、心配そうな顔の彼に「この間の電話のときのことだけど、忘れてないよね？」と訊ねられ、凛音は慌ててこくこくと頷いた。忘れるわけがない。

それからもディランは、以前と変わりない頻度でまた顔を見せるようになり、アビゲイルは明らかに安堵した様子だった。アレックスはもちろん大歓迎だし、凜音も嬉しさで胸がいっぱいだった。

クリスマス休暇はロンドンの実家に戻らなくてはならないそうで、その前にディランは凜音たちと少し早めのディナーをしに来てくれた。料理は苦手だという彼は、有名店のテイクアウトの料理と、アビゲイルお気に入りの赤ワイン、リオンには葡萄のジュース、そしてアレックスには骨つき肉を持参するという完璧な気の回しようだ。さらには、『たまにはリオンにも休暇が必要だよ』と言って、盛りつけから片づけまでこなすサービスつきで、凜音たちを感激させた。

そうして、新しい年が来てからも、ディランとのメッセージのやりとりは続いている。熱を出したときにディランが告げた言葉から、彼の気持ちをあれこれと想像しては、勝手に胸が騒ぐ。だが、そのたびに、慌てて期待しすぎないようにと凜音は自分を戒めた。周囲の者に嫉妬はしたけれど、弟のように思っているだけだと言われるかもしれない。落胆はするだろうが、それでも少しだけ彼にとって特別であるなら嬉しかった。

――自分が彼に向ける想いは、兄へのものではないかもしれないけれど。

またこうして彼に会えるだけで、十分すぎるほど幸せだ。

だから、多くを望みすぎてはいけない。

黙々と自分の勉強を進めながら、凜音は彼が気持ちを整理する日をただ待っていた。

長い冬が終わり、アビントンにまた花の咲く季節がやってきた。

ディランから連絡が来たのは、そんなある夜のことだった。

『突然ごめん。これから、少しだけ会いに行ってもいいかな』

風呂を済ませたところだった凜音は、パジャマ姿でモバイルに届いたメッセージに気づき、目を丸くした。

時計を見ると、もうそろそろ二十一時になる。

夕食後、最近、遅くまで仕事をしているアビゲイルは、おそらく今頃はちょうど仮眠を取っているはずだ。

仕事部屋の前まで行くと、やはりドアの前には『仮眠中！　緊急事態以外起こすなかれ』のボードがかけられている。

アレックスは珍しく、アビゲイルの部屋で一緒に寝ているようだ。

来てくれても自分しか相手ができないのだが、と送ると、すぐに返信が来た。

『構わないよ、用があるのはリオンにだから』

着いたら電話する、とあり、凜音は首を傾げながら返事を送った。

（なんの用事だろう……）

五月に入り、凜音は中等教育修了試験《GCSE》を受けた。進路の第一希望には、自宅から通える場所にある中で、最も近いシックスフォームカレッジの名を書いた。

合格発表はまだだが、自己採点ではおそらく大丈夫だろうと思う。

同じ頃にディランの試験期間も終わった。しばらく試験勉強で会えなかったけれど、メッセージのやりとりは途切れずにしていたから不安に思うこともなかった。

ともかく、急いで髪を乾かす。着替えて茶の準備をしておこうと思ったところで、着信のメロディが鳴り始めた。

まさかもう？と慌てて見ると、発信者はやはりディランだ。

「も、もしもし？」

『――リオン？　よかった。今、家の前に着いた』

通話を切ると、急いで玄関まで行ってドアを開ける。

外灯に照らされたディランは予想外の格好をしていて、凜音は思わず「わあ！」と目を輝かせた。

「どこかでパーティだったの？」

「うん、ちょっと大学で催しがあって。実はこれから家の用事でロンドンに戻るところなんだ。着替えてたら遅くなるから、リオンが寝ちゃう前に会いたくて、そのまま来た」

今夜の彼は、驚いたことにクラシックな雰囲気の黒いタキシードを着ていた。

いつもはさらさらの金髪もやや撫でつけていて、全身フォーマルな装いだ。

信じられないくらいに格好良くて、頭がくらくらする。正装姿の彼を見られて嬉しい。凛音はパジャマ姿にカーディガンを羽織っている自分が恥ずかしくなった。

しかもディランは、手に一目で高級店のものだとわかる小さな紙袋と、一輪の真っ赤な薔薇を持っている。

「ど、どうぞ、入って」

中に通そうとしたが、「ごめん、遅くに押しかけて。手短に済ませるから」と言って、彼は玄関に入ったところで足を止める。それから、手に持っていた紙袋を凛音に差し出してきた。

「試験お疲れ様。それと、今週、誕生日だよね？」

凛音は目を丸くした。誕生日は三日後だが、ディランが覚えていてくれたなんて。

「あ、ありがとう……開けてもいい？」

驚きつつもおずおずと受け取る。彼がもちろんと言ってくれたので、玄関脇の棚に紙袋を置いて、中を開けてみる。

それぞれが立派なケースに入ったプレゼントは、濃紺の軸が書きやすそうな万年筆と、ベージュの革ベルトのシンプルな腕時計だ。

「……どっちもすごく素敵だよ。嬉しい、ディラン。本当にありがとう」

泣きそうになりながら礼を言う。

「気に入ってくれてよかった」

彼は微笑んで、ふと手元に残った薔薇に視線を落とした。

「――リオン、去年『改めて話をしたい』って言って、時間をもらった件なんだけど、まだ覚えててくれてるかな」

「は、はい」

とうとうその話が、と凜音はにわかに緊張して背筋を正した。

「遅くなってごめん。ずいぶんと時間をかけて考えた。どんなに考えても一つしか答えが出なかったから、今日はそれを伝えに来た」

真剣な眼差しで、薔薇をこちらに差し出して、ディランが口を開く。

「俺を、君の恋人――いや、恋人候補にしてもらえないかな」

(恋人……候補?)

予想外の話にぽかんとすると、彼が説明した。

「君のことを特別に想っているよ。前に言ったように、誰かに取られたくないと強く感じている。できることなら、本当は今すぐにでも恋人になりたいけど……君はやっと十六歳になるところだ。正直なところ、真剣な交際を申し込むには若すぎるから」

ディランはやや苦悩の表情で続けた。

「それでも、もう俺は、幸か不幸か、君への気持ちをはっきり自覚してしまった。だから……もし、君さえよければ、リオンが成人する二年後まで待ちたいんだ」

恋人候補になったら、恋人同士と同じように貞節を守る――つまり、浮気はしないとディランは言う。

彼しか目に入らない凜音にとってはたやすいことだが、あらゆる人から欲しがられるであろう彼にとって、そんな約束は重荷ではないのだろうか。

躊躇いながら、本当にいいの？と訊ねると「もちろん」と彼は当たり前だというように頷く。

「君に頼むんだから、言い出した俺がよそ見をしないなんて当然だろう？」

そうなのか、と凜音は感銘を受けて頷く。世間知らずな自分の常識と照らし合わせても、彼が際立って誠実だということがわかる。

だが、その間に、もしも凜音が他の人を好きになったら、そのときは身を引くからと彼は言った。そんなことはあるはずないと慌てると「そうだと嬉しいんだけど」とディランは少し嬉しそうに笑う。

それから彼は、凜音の目をじっと見つめて言った。

「リオン、次は君の気持ちを聞かせてほしい」

「え……」

彼が一歩足を進めてきて、息が触れるくらいに距離が近くなる。

「俺のことをどう思ってる？　例のオリバーと俺と、どちらが好きなのか訊いても？　俺への気持ちは、彼へのものとは違うと思って構わない？」

呆然としていた凛音は、見下ろしてくる長身の彼から矢継ぎ早に質問されて、目を瞬《またた》かせた。渡された薔薇を、おずおずと受け取る。

「お、オリバーとは、教会に行ったときに会うくらいで……本当に、ただの友達だよ。でも、ディランは……」

一瞬、凛音は言葉に詰まった。

答えを間違えないように、自分の心の中を覗き込んでみる。

「……ディランは、他の誰とも違う。アビーのことも大事だけど、アビーとは違う。君は……僕の中で、唯一無二の存在だから」

「それは、恋愛感情だと思っていいの？」

彼は凛音を怖いくらいに真剣な目で見つめている。問いかけられて、凛音はこくりと頷いた。

「……俺とキスしたり、セックスしたりしたいと想像したことがある？」

そっと顔を寄せた彼に囁かれて、カッと顔が熱くなるのを感じた。だが、答えないわけにはいかず、それにもぎこちなくこくりと頷く。

「は、ハグされたら、ずっとしててほしいくらいに気持ちがよくて……頬とか、髪にはキスするのに、どうして唇にはしてくれないのかなって思ってた」

凜音が真っ赤になりながら正直に伝えると、ディランが口の端を上げて囁いた。

「もちろんしたいよ。でも、キスしたら止められなくなりそうだから。ああ、まさか自分が、十五歳の子に本気で恋してしまうとはね」

確かに、四歳の年の差は大きい。彼の目に、自分はずいぶん子供に見えているだろう。

「僕が十八歳になるまで、キスも駄目なの……?」

凜音は彼を見上げておずおずと訊ねる。すると、ディランがスッと笑みを消し、背中に腕を回してきた。

ゆっくりと抱き寄せられ、端整な顔が近づいてきて息を呑む。

「リオン。君の近くには、これまでアルファ属性の人間はあまりいなかったのかもしれない。俺も、アルファが本気で恋をするとどうなるのかは、まだ知識として聞いたことしかなかったんだけど……」

そう言うと、彼はもう一方の手で、そっと凜音の頬に触れた。

その手は驚くほど熱い。

「恋をしたアルファの性衝動は、苛烈だ。好きになった相手のことが、抗《あらが》いがたいくらいに欲しくなる……俺は、アルファだから」

今は濃い藍色に見える彼の目が、こちらをまっすぐに射貫く。

凜音は彫刻のような彼の美しい容貌に、思わずぼうっとなった。

「一般的には、強烈な発情が起こるのは、相手がオメガの場合だけだと言われてるけど、例外もあるらしい。リオンはベータだろう？」

唐突に訊ねられて、凜音は内心でぎくりとした。

――自分は、ベータから変化したオメガだ。

彼は答えに窮した凜音の様子には気づかなかったようだ。

「去年、君をハグさせてもらって、しばらくくっついて眠った夜、実は、なんだか体がおかしくなった。寮に戻ってから、異常な熱が治まらなくて、医師の診察を受けたんだ。結果は……アルファとしての発情が暴走したせいだった」

彼は少し照れたように言い「若いときには稀にあって、相手がベータであっても起こりうることらしい」と説明する。

医師に診せるほどとは、いったいどのくらいの衝動だったのだろう。ディランに触れられたいという気持ちは自分だって持っているが、発情したことのないオメガの自分には、アルファの暴走をうまく想像できない。

「も、もう、大丈夫なの？」

「うん。ああ、でも心配しないで、大丈夫だよ。それ以来、凜音に会いに来るときはアルファ用の抑制薬を飲んでいる。君の意思に反して襲ったりはぜったいにしないから」

心配してないよ、と慌てて言いながら、ふとあることに気づいて、凜音は愕然《がくぜん》とした。

(ディランの発情は、まさか……僕が、オメガだから……?)

アルファは相性の合うオメガに強く惹かれるという。

凜音は発情を抑える注射を打っているけれど、ディランが思いがけず発情したのは、オメガである凜音の本性を無意識のうちに嗅ぎ分けたからではないか。

(……本当は、オメガなんだって、言わなくちゃ……)

凜音は悩みながら必死に頭の中で考えた。

現代では、オメガへの法律上の差別は解消されている。凜音が養子であることも知った上で恋人候補にと望んでくれたディランは、自分の属性がなんであってもきっと気にしないだろう。

だが——自分は子を孕《はら》む能力を持たない、できそこないのオメガなのだ。

——どう考えても、完璧なアルファである彼に好きになってもらえるような人間ではない。そんな自分にディランが無意識に惹かれた理由が、恋心からではなく、オメガを求めるアルファの本能だとしたら。

そう思うと、凜音は急に怖くなった。

凜音の中に湧いた怯えには気づかないようで、ディランが言った。

「今は、アルファやオメガ属性の者は、検査結果に従って必要があれば抑制剤を打つか飲むかしている。だから、他者に誘発されて発情することは滅多にないらしい。それなのに、あのとき僕が発情した理由っていうのは……医師からは、『おそらくは、強い恋愛感情を起因とした発情だろう』と言われた」

（強い恋愛感情……）

その言葉に驚いて、凜音はおずおずと顔を上げる。ディランは少し照れくさそうな笑みを浮かべた。

「つまり僕は、あのときからもう、無意識のうちにリオンに惹かれていたっていうことだ」

本当に、そうなのだろうか。そうだったら、どんなにいいかと思う。

腕の中の存在が、かすかに身を強張らせたことに気づいたらしい。

ディランは安心させるように凜音の髪を撫でた。

頬に、こめかみに口づけられ、額をそっと擦り合わされてから、目をじっと覗き込まれる。

「大丈夫だよ、リオン、怖がらないで。抑制薬はちゃんと効いているから、理性を失くすようなことはないんだ。だけど、もし君の唇にキスしたりしたら、正直言って、自分でもどうなるかわからない。そのくらい、アルファが恋をしたら……猛烈に欲しくてたまらなくなるから」

彼は凜音をぎゅっと抱き締めてから、身を離す。

「君が成人するまで、あと二年はゆっくり待つよ。その頃には、君のAレベルの試験も終わっているだろうし、俺も大学を卒業しているはずだから」

彼はその場に片方の膝を突く。

驚いている凜音の手を取り、指先に口づけてから、もう一度願いを言葉にした。

「じゃあ、リオン。改めて……俺を、君の恋人候補にしてもらえる？」

真剣な目で確認されて、一瞬の迷いを振り切って、凜音はこくりと頷いた。

「ぼ、僕のほうからも、お願いします」

もじもじしながら、必死で声を絞り出す。

「僕を、ディランの恋人候補にしてください」

よかった、と言って、彼が嬉しそうな笑顔になる。ディランは立ち上がると、凜音を強く抱き締めてきた。

（二年後には……ちゃんと、本当はオメガだと彼に伝えなきゃ）

それまでに、もっと自分に自信をつけよう。

たとえ不完全なオメガだとしても、彼に相応しいと思える人間になっていたい――。

凜音は彼の腕の中で、胸を刺すかすかな罪悪感を無理に呑み込んだ。

（着いた……！）

どうにか無事に電車を降り、パディントン駅の改札を出る。

一つ目の関門を突破し、シャツにジーンズを着て、ショルダーバッグを斜めがけにした凜音は、ホッと息を吐いた。

念のため、少し早めに家を出たので、一本早い電車に乗れた。そのことはメッセージを送って伝えたけれど、さすがにまだディランは着いていないだろう。

人ごみの中、次は待ち合わせをしている目的の出口を探さねばと、きょろきょろして案内板を探す。

*

「リオン！」

喧騒《けんそう》の中から届いた、聞き覚えのある声にどきっとする。まさか、と思って視線を巡らせると、長身の男がこちらに近づいてくるところが見えた。

「ディラン‼」

凜音はパッと顔を輝かせて彼に駆け寄った。

ヘンリーネックのシャツにダークブルーのジャケットを着た恐ろしいほど整った容貌の彼に、駅を歩く人々の視線が向けられている。ディランがいると、まるでそこだけ光が差しているかのようだ。

大股で近づいて来た彼が手を広げ、ぎゅっと凜音をハグしてくれる。

「早めに待っているつもりで準備していたけど、リオンのほうが先に着いてしまった」

ごめんよ、と言われて、凜音は慌てて首を横に振る。ディランがにっこりと笑った。

「無事に着いてよかった」

声はいつも電話で聞いているけれど、こうして直接会えたのは二か月ぶりだ。

六月でAレベルの試験が終わり、凜音は希望大学に願書を出した。

合否は二か月後だが、すでにシックスフォームカレッジの通学は自由だ。いまは溜まった用事をこなしたり、束の間《つかま》の休日を謳歌《おうか》しているところだった。

試験が終わったことを伝えると、ディランが三日くらいなら休みをとれるからと誘ってくれて、ウィルフォード家の別邸に遊びに行くことになった。

アビゲイルに相談すると、彼女はちょうど同じ頃に、次に執筆を依頼する大物作家との契約のため、パリに行く予定があるらしい。本当は凜音も誘おうと思っていたそうだが『私とのパリよりも、ディランと遊ぶほうが楽しいわよね』と苦笑していた。確かに、初めての海外旅行は魅力的だが、凜音にとって、ディランとの時間に勝るものはない。ディランなら安心して任せられるからと言って、パリはまた今度ということになり、養母は快く送り出してくれた。

引き籠もり生活の長い凜音にとって、一人で電車に乗ること自体が初めてだ。

試験勉強も終わったという解放感に包まれ、初めて尽くしのバケーションは、のんびり羽根を伸ばせそうだと期待に胸を膨らませていた。


車に向かう前に、「荷物はこれだけ？」と言って、ディランは凜音が肩からかけていた大ぶりのショルダーバッグをひょいと持ってくれた。

「ありがとう。三日だし、着替えだけあればいいかなあと思って」

「そうだね。別邸にも一通りのものは揃っているはずだし、足りないものがあれば街に出て買いに行けるから」

駅を出て、車寄せの一部にある駐車スペースに置いてあった彼の車は、黒いＳＵＶだ。

「どうぞ」と助手席のドアを開けてくれて、礼を言って乗り込む。凜音はハンドルに書いてある文字に目を向けた。

「この車、アビーの車と色違いなんだね」

「そう、リオンが慣れている車のほうがいいかと思って、同じ車種を買ったんだ」

（えっ⁉）

衝撃的なことを何気なく言って、彼は平然とシートベルトを締めている。

「そ、そ、そうなんだ、ええと……ありがとう」

驚いたけれど、ディランはわりとこういうことを普段から当たり前のようにする。

特に無駄遣いをしているわけではなく、何かを買ったり買い替えたりするときに、当然のように、凜音も一緒に使うことを考えてくれるのだ。金額の多寡ではなく、いつもディランの心のどこかに自分がいるようで、そうされるたびに戸惑いつつもじんわりと嬉しい気持ちになった。

「そうだ。まだ早いし、よかったら俺の部屋に寄っていかない？」

車を出す前に、ふと思い出したように彼が言う。

昨年大学を卒業して、父親の会社の系列企業で働き始めたディランは、少し前に実家を出た。実家と会社から近い住まいということ以外、詳しいことはまだ聞いていないけれど、彼が暮らしている部屋にはもちろん興味がある。

「うん、行ってみたい」

このすぐ近くだからと言って、彼がアクセルを踏む。

滑らかな動きで道に滑り出す車の中で、凜音はハンドルを握るディランの横顔を眺める。

――二年前、ディランは凜音に想いを伝え、自分を恋人候補にしてほしい、と申し出た。

もうすぐ十六歳になる凜音が成人するまで待つから、というのだ。

かなり気長な話に驚きやもどかしさもあったけれど、彼が自分を大切にしてくれようとする気持ちが伝わってきて嬉しかった。ディランの誠実な考えと覚悟を理解して、凜音はそれを受け入れた。

その後、シックスフォームカレッジに通い始めた凜音は、ホームレスを支える地元のボランティア活動に参加しつつ、大学進学に向けての勉強に明け暮れた。大学の卒業試験を控えたディランも同時に忙しくなり、これまでの間は、月に一度、彼がエヴァンズ家に来て夕食をともにできればいいほうだった。

けれど、彼はマメな性格で、朝と夜、他にも何かあればすぐにメッセージや電話をくれて、凜音は一度も不安になることはなかった。

昨年の冬、アビゲイルが体調を崩して入院したときも、その年の暮れに、高齢になったアレックスが余命いくばくもないと獣医に宣告されたときも、ディランは状況を知ると、すぐにアビントンまで飛んできてくれた。

幸い、アビゲイルは数日で退院できたが、アレックスは一週間ほどの闘病ののち、天国に行ってしまった。家族だった大切な存在を失い、凜音もアビゲイルもしばらくは何も手につかないほどのショックを受けた。

ディランは忙しい中、アビゲイルが退院するまでの間とアレックスの闘病中、エヴァンズ家に泊まり込み、看病する凛音を支えてくれた。

アレックスを見送り、どうにか日常を取り戻したあとで、アビゲイルは『ディランに感謝しなきゃね』としみじみとした様子で言っていた。

つらいときも親身になって支えてくれた彼は、凛音にとって、恋人候補というよりすでに身内も同然のかけがえのない存在だ。

アビゲイルを通じて、ディランの父も、最近また体調が優れないことがあるようだと聞くが、彼はあまりそれを凛音には話してくれない。

（僕も……もっと、彼の役に立てるようになりたい……）

凛音は彼に助けてもらってばかりだ。

たとえ大学に合格しても、まだ学生の身で自立には程遠い。だが、いつか少しでも彼を支えられたらいいと思う。

彼が自分にたくさんのことをしてくれたように——。


ディランが車を停《と》めたのは、本当に駅からすぐ近くの場所だった。

道路が少し混んでいたけれど、すんなり進めばおそらく五分程度の距離なのではないか。

「リオン、こっちだよ」

荷物を持ち、助手席のドアを開けてくれた彼に手を引かれて、凜音は車を降りる。目の前に広がる住宅街を見て、呆然とした。

「こ、ここ……?」

引き籠もり歴の長い凜音だが、白くて立派な邸宅が立ち並ぶこの住宅街には、明らかに見覚えがある。

ここは、ドラマや映画にもよく出てくるロンドンの中でも超一等地に立つ高級住宅街、ベルグレービアだ。

まさか、ディランの引っ越し先がこんなところだとは思わず、凜音は目を白黒させてしまう。

道路沿いのパーキングに車を停めると、制服姿のドアマンに声をかけ、彼は建物に入る。

エレベーターを降りて鍵を開けたのは、四階建ての瀟洒な邸宅の最上階のドアだった。

「さあどうぞ」と促されて、凜音はお邪魔します、と言っておそるおそる中に入る。

外装に劣らず、部屋の中は広々とした贅沢な造りだった。

すっきりとしたデザインのアイランドキッチンには最先端の家電が置かれ、天井の高い居間には重厚な作りの家具が据えられている。

中を案内してもらうと、ガラス張りのバスルームにシャワールーム、キングサイズのベッドが置かれた寝室に、仕事部屋にしているという書斎。客間もある。

アビントンの家も近所では比較的大きな邸宅なのだが、この家は桁が違いそうだ。

茶を淹れてくれたディランにソファを勧められ、凛音はおずおずと腰を下ろす。

隣に座った彼が「この家、どう思う?」と訊いてきた。

——どうと言われても、と凛音は悩む。

「ええと、すごく綺麗で、お洒落な部屋だね。なんていうか、ドラマに出てきそう」

正直に言うと、そうだね、とディランが苦笑した。

「うちの両親はずっとチェルシーの家に住んでいる。亡き祖父の持ち物だったこっちの家は、祖父が亡くなったあとはずっと賃貸に出していたんだ。去年契約が終わって戻ってきたから、全体をリフォームして、俺がこの部屋を使ってる。下のフロアはまた賃貸に出してもいいんだけど……」

一口茶を飲むと、ディランは少し緊張した面持ちで言った。

「ベルグレービアなら、リオンの志望大学からも近いよね。近隣に大使館もあるから、警備も行き届いてるし」

そうだね、と頷きながら凛音も茶を飲む。

すべて一等地にあるのだから、あらゆるものが近いのは当然だ。なんなら、バッキンガム宮殿や大英博物館だってこのご近所だ。

「もしよかったら、大学にはこの家から通わない?」

凛音は驚きで思わず茶を零しそうになる。

「え……こ、ここから？　でも、こんな立派なところ、家賃が払えないよ」

ぎりぎりで零さずに済み、ホッとしつつ言った。

第一志望の大学は、ユニバーシティカレッジロンドンだ。

パディントン駅から目と鼻の先にあるこの家からなら、大学までおそらく徒歩でも三十分もかからないだろう。だが、家賃はいったい何ポンドするのか想像もつかない。

「父親の持ち物件だから家賃は必要ないんだ。将来的には俺が受け継ぐものだし」

「でも……」

ディランはカップをテーブルに置くと、凛音の手を取った。

「この二年の間はなかなかゆっくり会えなくて、すごくもどかしかった。だから、リオンがロンドンの大学を受けてくれて、ホッとしたよ。もう、これ以上君と離れて暮らす意味が見つからない。少しでも早く一緒に暮らしたいんだ」

切実な目で頼まれて、頬が熱くなった。

自分もまったく同じ気持ちでいたが、なかなか恥ずかしくて伝えられない。

だが、ディランはいつも率直な気持ちを教えてくれる。

「僕も、ディランと一緒に暮らしたいよ」

もし同居するなら、払える分だけでも家賃は払わせてもらいたい。そう話すと、ディランは「リオンがそうしたいなら」と渋々とでも納得してくれる。

「ただ……」

凜音には、家賃以外にも気がかりがあった。

「わかってる。気になっているのは、アビーのことだろう？　合格したら、一緒にロンドンに引っ越すって言ってるんだよね？」

うん、と凜音が頷くと、ディランは「心配しないで」と言った。

「彼女がよければ、この下のフロアを使ってもらうのはどうかな」

「えっ⁉」

「もし気に入らなければ、他の物件の中から選んでもらうこともできる。うちの実家の辺りも住みやすいところだし、母もいるからその近辺も安心できるかもしれないね。ともかく、アビーと君が行き来できる距離で安心して暮らせるように、ちゃんと考えてるから」

「ディラン……」

凜音は彼の根回しに感激していた。ディランは凜音の大切な家族であるアビゲイルのことも、きちんと考えてくれているのだ。

分不相応な邸宅に戸惑いの気持ちがないわけではなかったけれど、自分ももうディランと離れていたくない。

「ディラン、嬉しいよ。ありがとう。帰ったら、アビーに話してみる」

凜音がそう言うと、ディランはホッとした顔になった。

肩を抱き寄せられて、ちゅっと音を立てて頬にキスをされる。

「……ついでに、そろそろアビーにちゃんと挨拶させてほしいんだけど」

ぼそりと囁かれて、凜音は苦笑いをする。

ディランと恋人候補になったことは、まだアビゲイルに打ち明けていない。

彼女は未だに凜音のことを子供だと思っているので、恋愛の話を持ち出すのがとにかく照れくさいのだ。

とはいえ、凜音がロンドンの大学に絞って出願したことは、ディランの会社に近いからだというのは知っている。おそらくは、凜音の気持ちも薄々気づかれているかもしれない。

「八月になって、大学に合格できていたら、僕の口からきちんと話すよ。アビーはいつも、ディランなら安心って言うし、今回の旅行もすんなり送り出してくれたから、きっと大喜びしてくれると思う」

「そうだといいんだけど」とディランは口の端を上げる。

「ともかく、同居の件は同意してくれてよかった。実は去年、この家のリフォームが終わったときから、ずっと君と暮らすことを考えてたんだ」

「そうだったの？」

「うん、だけど、試験勉強中だから邪魔になるだろうと思って黙ってた。大した距離じゃないのに、やっぱり離れて暮らしてるとなかなか会えないからね。リオンが合格してロンドンに引っ越してきて、ここで一緒に住む日のことを想像しながら家具も決めたんだ。だから、やっとこれから一緒に暮らせるかと思うと、信じられないくらいに嬉しいよ」

ディランが凜音の髪を撫でて、輝くような笑みを見せる。彼が淹れてくれたのは、凜音の好きな種類の茶だ。この部屋の家具の色合いや雰囲気も好みに合い、とても落ち着ける。

――まさか、こんなに自分を待っていてくれたなんて。

「合格、してるといいな」

凜音はうつむいて言う。

「してるよ。きっと大丈夫だ」

頤に手がかかり、顔をそっと持ち上げられる。顔を寄せられて、唇の端にちゅっと口づけられた。

ディランの香りが鼻腔をくすぐり、かすかな甘い疼《うず》きが背筋を駆け抜ける。凜音は彼をじっと見つめた。

間近で目が合うと、ふいにディランが笑みを消した。

「リオン……」

彼の腕が背中に回ってきて、ソファの上で引き寄せられるようにして顔を近づけられる。

これまで数え切れないくらいに頬やこめかみにキスをされた、ディランの唇を見つめた。

おずおずと彼のうなじに手を回す。彼の体が小さくびくっとなった。

「ぼ、僕……十八歳になったよ」

「ああ、おめでとう。お祝いの準備はいろいろ、別邸のほうに届いてるはずだから、そっちで……」

途中から、譫言《うわごと》のように声が小さくなる。彼の目はなぜか、凛音を凝視している。

「——駄目だ。ごめん」

ディランはそう言って、やんわりと凛音から顔を背けると、立ち上がろうとする。

「抑制剤は飲んでるけど、もう一錠飲まないとまずい」

「そ、そんなに飲んでも大丈夫なの？」

「滅多にしないし、問題ないはずだよ。というか、飲まないと、このままじゃ別邸に辿り着けそうにないから」

彼の言葉を聞いて、凛音は不安になった。

アルファに処方される抑制剤は、オメガが打つ注射に比べると強い薬だと聞く。場合によっては心臓に負担がかかり、合わない場合は副作用も大きいとか。

そんな薬を立て続けに飲むのは、どう考えても体によくないだろう。

「……アルファの発情って、どうやったら治まるものなの？」

必死の思いで問いかけると、立ち上がりかけていたディランが驚いた顔でこちらを見た。

「誰にどういうこと聞いてるか、わかっている？」

まじまじと見つめながら言われて、凛音は真面目な顔で「も、もちろんわかってるよ」と答える。

「ハグとか、その……キスをしたら、治まりそう？」

そう言うと、なぜか彼は天を仰いだ。

「……オメガほど珍しいわけじゃないけど、アルファ属性の人間も比較的数が少ない。今はいい薬があって発情が抑え込めるようになったから、あまり詳しい事情が一般には知られていないんだよね」

ディランは困り顔で、凛音にまた目を戻す。

「心配なら、抑制剤を追加で飲むことはしないよ」

凛音がホッとしていると、彼は「ただ、もしも今日中に別邸に着かなくても、許してほしい」と続けた。

「え……」

どういう意味かと思っていると、うなじに手を差し込まれて、彼のほうに引き寄せられる。端整な顔が近づいてきて、凛音は呆然と目を開けたまま、そっと唇を重ねられた。

触れたところから、びりっとかすかに電流が流れたみたいな刺激が走った。

（キス、された……）

初めての彼の唇は、熱くて柔らかかった。啄むみたいに何度か吸われて、そろりと舐められる。くすぐったくて、気持ちがいい。

「ん……」

ディランの逞しい腕が、いつの間にか背中に回り、抱き締められながら次第にキスは深くなっていく。

「ん……、んん……っ」

凜音はぎくしゃくとした動きで彼の肩に手をかける。

唇の狭間《はざま》から彼の舌が入り込んできて、凜音の咥内を探る。口の中を他人の舌が這《は》い回るのも、初めての感覚だ。ディランは怯えた凜音の舌を搦《から》め捕《と》って吸い上げ、じゅくっと音を立てて強く舐る。

息ができないほどの淫らな口づけに翻弄されているうち、凜音はソファに押し倒されていた。伸《の》しかかってきたディランは、凜音の脚の間に体を収めている。

「可愛い、リオン……なんて柔らかな唇だ……」

キスの合間にため息交じりに囁いて、ディランが凜音の体をきつく抱き竦める。

「ディラン……、僕……っ」

耳朶《じだ》を食《は》まれながら、唇を指で擦られる。ぞくぞくとした疼きが腰に溜まっていく。

ディランは「もう少し、キスしたい」と言ってまた凜音の唇を貪る。

凜音は、アルファの性衝動は、軽いキスで発散できるようなたやすいものではないようだということを、体で理解させられた。

「んぅ、ん、ぁ……っ」

唇と舌でこんなに激しくできるものかと思うほど、ディランは濃厚な口づけをしてくる。淫《みだ》らすぎる口づけで、すでに凜音の体にも火が点《つ》いている。彼の硬い腹できつく擦られ、押し潰された下腹部が熱くてたまらない。

しかも、身を捩《よじ》ることができず、わずかも衝撃を逃がせない。

結果として、自分より一回り大きな彼の体で押し潰されながら、凜音はじんじんするまで舌を吸われ、甘嚙みされて、唾液を啜られ続けた。

快感が溜まっていき、擦り合わせた腰をぐりと揺すられると、堪えられない衝動が込み上げた。

「ン、ン……っ！」

喉の奥で甘い声を漏らし、ディランの唇で口を塞がれたまま、凜音は体をびくびくと震わせた。

身を震わせ、脱力した凜音に気づいたのか、ようやくディランが口づけを解いてくれる。

「リオン、イっちゃった……？」

耳元で囁かれて、羞恥のあまり凜音は泣きそうになった。

「ごめんなさい、僕……っ」

「泣かないで、むしろ嬉しいくらいだ。出てしまうくらい俺とのキスが気持ちよかったなんて」

まったく意に介さない様子で、ディランは凜音のジーンズを下着ごと脱がせる。

凜音の性器はぐっしょりと蜜で濡れ、糸を引いている。自分でやると言ったのに、「今日は全部やらせてほしい」と言い、彼が恥ずかしい性器を丁寧に拭いてくれた。

「リオン、可愛い」と、かすかに上擦った声で嬉しそうに言い、ディランは半泣きの凜音の顔に何度もキスをする。

そうしながら、彼の膝の上に抱き上げられて、もう一度深く口づけられた。

彼の服が汚れてしまうと躊躇したのに、ディランはいっこうに構わず、半裸の凜音を抱き寄せる。

「君が愛しすぎて、少しも熱が治まらないよ……」

ぼやくように言われて、思わず凜音も笑顔になる。

自分の体がこんなふうになるなんて想像もしていなかった。先ほど、初めて彼と唇を合わせたばかりなのに、口づけられて舌をきつく絡められると、全身のどこもかしこもに熱が灯《とも》っていく。

繰り返し唇を吸われながら、おずおずと凜音は彼の首に腕を回す。

ディランの大きな手が凜音の背中を撫でて、あらわになった尻をきゅっと摑《つか》む。そうされると体がびくっとして、腰の奥のほうがじんと甘く疼いた。

発情を抑制する注射は定期的に打っているから、オメガとしての特別な発情は起こらないはずだ。だからこれはごく普通の性衝動なのだろう。

孕めないオメガだという診断を受け、欲望自体あまり感じたことのない不完全な体の自分が、まるで媚薬でも飲んだみたいに激しく発情している。

（これは、ディランがアルファだからなのかな……）

何かを考えようとしても、頭がぼうっとして、目の前の彼のことだけで頭がいっぱいになる。

ふいにディランが凜音の膝裏に手を入れ横抱きにする。ゆっくりと立ち上がって歩き始めた。

寝室のドアを開けて中に入り、彼は綺麗にメイクされたキングサイズのベッドの上に凜音をそっと下ろした。クラシックなインテリアの室内には、薄いカーテン越しに明るい日差しが降り注いでいる。

「リオン、嫌じゃない？」

ベッドに腰かけてこちらを向いた彼に訊ねられ、一瞬迷ったが、凜音は頷いた。

「ディラン、明るいから、カーテン引いて……」

「――駄目だよ」

室内が明るすぎて、恥ずかしさにもじもじしながら頼んだ凛音の言葉を、ディランがあっさりと却下する。凛音は呆然とした。

「俺が、これまでどのくらいこうしたかったか……全部、隠さずに見せて」

彼は凛音の顔の両側に手を突くと、身を屈め、そっと唇を啄んでくる。シャツの上から胸元を撫でられて、凛音の体がひくっと震えた。

「あっ」

服越しに胸の尖りを探られて、きゅっと指先で摘《つ》まれる。

それから、凛音の服を首の下まで捲り、「綺麗な肌だ」と彼は感嘆するように言う。

「ここ、触るとどう?」

「く、くすぐったい、かも」

小さなピンク色の乳首をやんわりと捏《こ》ねられて、正直に答える。すると、彼が凛音の胸元に顔を伏せてきた。熱い吐息が乳首にかかり、ぶるっと体が震える。優しく食むようなキスをしてから、ささやかな尖りを舌でつんと突かれる。

「ん……、あ……っ」

自分のそこが感じる場所だとは思わなかった。けれど、いっぽうを彼の舌でねっとりと舐められながら、もういっぽうをじっくりと指で捏ね回されると、甘い声が漏れてしまう。

声が堪え切れないほど気持ちがいい。

第二の性別がオメガだからなのだろうか、そんなところが感じるなんて。

小さな尖りが濃い色に充血し、すっかり立つまで吸い舐《ねぶ》ったあと、彼の顔がさらに下へと下りていく。

ディランは凜音のあばらにキスを落とし、窪《くぼ》んだ臍《へそ》を舐める。濡れてまたしょうこりもなく勃《た》ち上がった頼りない性器の先端にも、優しく口づける。

「ここも可愛いな……初々しい色だ」

口の端を上げて凜音のそこをやんわりと弄りながら、ふと彼が凜音の目を見る。

「ちなみに訊きたいんだけど……これまでに女性としたいと思ったことは？」

なぜそんなことを訊くのだろう、と思いながら、凜音は少し考えてから、首を横に振る。

一度も？と重ねて訊かれて、こくりと頷く。

そもそも、凜音は初恋がディランなので、彼としかしたいと思ったことがない。

そう伝えると、ホッとしたみたいに彼が頷く。ふいに疑問が湧いてきて、凜音はおそるおそる訊いた。

「……ディランは？」

「俺？　ここしばらくはしてないよ」

――訊かなければよかった、とその瞬間に後悔した。最近していなかったとしても、彼がこれまでに一度でも誰か他の人とこんなふうにしたことを想像しただけで、胸が苦しくなる。

凜音の気持ちを知ってか知らずか、ディランは悪戯《いたずら》っぽい表情になって顔を覗き込んできた。

「……いつからしてないか、知りたい？」と訊ねながら、優しく凜音の口を吸う。舌を絡める甘ったるい口づけに、されるがままの凜音は頭が蕩けたようになる。知りたいような、知りたくないような気持ちのまま、小さく頷いた。

「アビントンの家で君と出会って、恋に落ちたことを自覚してから」

「え……」

優しいキスにとろんとなりかけていた凜音は、一瞬言葉の意味が摑めず、目を瞬かせた。

「リオンに詩を教わり始めた、あの夏からだよ」

──その頃は、まだ恋人候補にもなっていない。

彼が薔薇とプレゼントを持ってきて、告白してくれるより半年も前のことではないか。

「ほ、ほんとに……？」

「そうだよ。あのときは、リオンはまだ十五歳で……もう俺は、君以外欲しくないとわかったから」

彼が自分に貞操を約束するよりさらに前から誰とも寝ていないと知り、凜音は内心で感激していた。

苦笑しながら当時の想いを吐露すると、彼は熱を秘めた目でこちらをじっと見つめた。

「だから、この二年、ずっと待っていたんだ。君がこれからのことをゆっくり考えて……自分の意思で俺を選んでくれる日を」

今どき、十五歳でも交際相手がいる者はいくらでもいるだろうに、ディランは理性の塊のようだ。

彼のうなじに手を回して引き寄せると、凛音はおずおずと唇を重ねる。ちゅっと音を立てて吸い、すぐに離れる。

「……待っててくれて、ありがとう」

ディランの手を取って引き寄せ、心臓の辺りに触れさせる。

「今日のことは、ちゃんと僕の意思だから」

年上の彼に流されたわけではなく、熟慮した上で、自分で選んだことなのだと伝える。

すると、ディランが凛音の手を取り、その甲に恭しく口づけた。

「カッコつけたけど、実は何度も、もう約束なんかなしにして君を押し倒したい衝動に駆られてた。でも、どうにか我慢できてよかったよ」

そう言って小さく笑うと、彼が身を起こし、ベッドサイドの引き出しから液状のものが入ったボトルを取る。

凜音はぼんやりと、新品らしきそれのラッピングを開けているのを目で追う。

「言っておくけど、これはリオンとするために買ったものだから」と説明されて、ハッとした。どうやらそれは、セックスをするときに使う潤滑剤らしい。

「本当は別邸でするつもりだったんだけど、荷物の中に全部入れなくてよかった」

彼が笑顔で言うのを聞いて、一気に顔が赤くなるのを感じる。凜音が何も言えずにいるうちに、ディランが再び覆いかぶさってきた。

「君とのことを何度も想像して、こうして準備するくらい、ずっと待ち焦がれてた」

凜音の手と手を重ねて握り、彼が囁く。

ディランがボトルをプッシュして中身を手に垂らす。金色の蜂蜜みたいな液体で指先を濡らすと、凜音の右脚を持ち上げてゆっくりと開かせた。

「嫌だったら言って」と言い置いてから、ディランは凜音の尻の間に指を滑らせる。

ぬるりとしたものが後孔に塗りつけられる感触に、息を吞む。

「ん……っ」

やや冷たい粘液が、普段人が触れることのない場所に塗りたくられる。

太くて硬い指が、ずぶずぶと滑らかに中に入ってくる。くすぐったさと不快の間のような感覚に、凜音は必死で耐えた。濡れているので苦しくはないが、かなり奇妙な感覚だ。

焦らずに中を慣らしながら、ディランがもう一度潤滑剤を足す。ぐちゅっといやらしい音がして、二本の指を呑み込まされた。

ぬるぬると狭い中に潤滑剤を塗り広げ、ゆっくりと注挿しながら、彼の指がふいに腹側のしこりを擦った。

「ん、あ……ぅっ」

背筋を貫くような刺激に、凜音はびくっと身を震わせる。

そこを指先で押すようにされたり、二本の指で弄るようにされると、背筋に強烈な痺《しび》れが走った。

「ディラン……、それ……、や……、いや……っ」

「痛くはないよね？　怪我をさせたくないから、もう少しだけ、我慢できる？」

自分のためだと言われると、変な感じがするからもうやめてほしいとは言えなかった。

凜音は半泣きで頷き、必死で強烈な刺激を堪えた。ぐちゅぐちゅと粘液を捏ねる音を立てながら、彼の指は執拗《しつよう》にそこを慣らしていく。

そうしながら、ディランはもう一方の手で、再び半勃ちになっている凜音の小ぶりな性器をそっと握り込んだ。

「あっ、ひっ」

温かい手に包まれ、硬くて太い指で敏感な先端の膨らみを擦られると、そこが一気に熱を帯びる。彼は身を屈め、凜音のものの先端にキスをして、根元から裏筋をべろりと舐め上げる。気持ちよくて下半身から力が抜けた。

ふいにディランの視線がこちらに向けられた。

青く澄んだ目が、どうしようもなく喘《あえ》ぎながら身悶えている自分をじっと射貫く。

彼の目に、今の自分はどう見えているのだろう、と思うと体が燃えるように熱くなった。

好きな人が自分の性器を舐めている光景を見ていられず、凜音はとっさにぎゅっと目を閉じる。

すると、すっぽりと温かい咥内に包まれた。息を呑むと同時に、ややきつめにちゅうっと音を立てて吸われる。

「あっ、ひっ！　ああぅっ」

前を口で愛しながら、後ろを二本目の指で弄られて、もう声が堪えられなくなった。

身を捩ろうにも、前に逃げれば彼の顔があり、後ろに引けば男の長くてしっかりとした指をいっそう深く咥え込むことになる。

「いや、あ……っ、あ、あ、ん……っ」

躊躇いもなく刺激を与えてくるディランの舌は巧みだった。あまりにも刺激が強烈すぎて、凜音はどうしていいかわからず、半泣きで身悶える。

どこにも逃げられず、ブルブルと身を震わせながら、凜音は初めての快感に翻弄された。

「ディ、ディラン、おねがい、離して……っ」

「我慢しないで、イっていいよ」

一瞬、性器から口を離した彼がそう言う間に、限界がきた。

「ひ、あっ」

頭の中が真っ白になり、凜音の性器の先端から白い蜜が溢れる。二度目だからか、あまり濃くはないが、全身を痺れるような愉悦が満たした。

濡れて萎えかけた昂《たかぶ》りに指を絡めて、ディランが丁寧に扱いてくれる。

はあはあと荒い息を繰り返しながら、凜音はぐったりと脱力する。恥ずかしさで彼から顔を隠したくて、ころんと横向きになった。

労《いた》わるように背後から凜音の肩にキスをすると、ディランがまた後孔に触れてきた。

「ま、まだ、指でするの……？」

もう十分すぎるくらいに濡れていて、じんじんするほどなのにと凜音は涙目で彼を見つめた。

「ごめんよ、痛い思いはさせたくないんだ。もう少しだけ、慣らしておかないと」

困ったみたいに囁かれて、おずおずと頷く。いい子だ、と褒めた彼が身を倒して、額にキスをしてくれる。

口づけで宥めながら、ディランが凜音の後ろに再び指を入れてくる。

「あ……っ、ん……っ」

それから、彼の指を三本どうにか呑み込めるようになるまでじっくりと後ろを解《ほぐ》された。

ようやく指を抜くと、彼が自らのシャツの前ボタンを開けて脱ぐ。

ディランは体を動かすのが好きなようで、大学在学中も筋トレやジョギングをしていたし、就職してからは家のすぐそばにあるジムに通うことにしたと言っていた。

昨年彼が家に泊まったときに偶然半裸を目にしたことがあったが、しっかりと鍛え上げられた体は、あのときよりもいっそう逞しく引き締まっているように見える。

（そういえば、パブリックスクールではラグビーをしてたって話してたっけ……）

以前、彼がアビゲイルと話していたことを思い出す。筋肉がついているはずだと思いながら、凜音がぼんやり眺めていると、ジーンズの前を開けて脱いだディランが下着を下ろすのが見えた。

充血してそそり立った彼の性器は、完全に上を向いている。

血管が浮き立った雄は、凜音が想像していたよりもずっと大きくて、慌てて目をそらす。

凜音の行動に気づいたらしく、彼が小さく笑った。

「……リオンがあんまり可愛い声を聞かせてくれるから、我慢も限界だ」

彼が脱いだジーンズのポケットから何かを取り出す。避妊具だ。それを開けて自らのモノにつけようとして、「あ」と呟いた。

どうしたのだろうと思っていると、「破れた……急いだから、爪でひっかけてしまったみたいだ」と言って、ディランは苦笑している。

「ごめん、ここにはこれしかないんだ。残りは荷物の中に入れてあるから、すぐ取ってくる」

ちょっと待ってて、と言って、凜音の額に口づけ、彼はシャツを着ようとする。

慌てて凜音はディランの手を摑んだ。

「い、いいよ、つけなくて」

振り返った彼は驚いたのか、かすかに目を見開いている。恥ずかしかったけれど、今はどうしても彼が離れていくのが嫌だった。

ディランは凜音をベータだと思っているから、エチケットとしてつけようとしてくれているのだろう。

本当にいいの？ともう一度確認されて、こくりと頷く。

「僕、子供とかできないし……」

それどころか、たとえ望んでも、治療をしない限り授かることはないと診断されている。

彼は本当の属性を知らないけれど、オメガの凜音は発情を抑える注射を打っている。そもそも発情しないから、避妊の必要もないのだ。

うつむいていると、ディランがシャツを落として、こちらに戻ってくる足が見えた。抱き寄せられて、顔を上げる。

「……リオンが子供を欲しいと思ったら、先々は二人で里親になることもできるから」

一緒に里子を育てる——それは、結婚していないとできないことだ。

遠回しのプロポーズのような言葉に、凜音は驚きを感じた。

「リオンはまだそんなことは考えられないだろうけど……、俺はそういう気持ちだからってこと。覚えておいて？」

少し照れたように言う彼の腕に包まれる。

抱き締められると、尖った乳首がディランの熱い肌で擦れてぞくっと震えが走る。もう片時も離れたくなくて、凜音は広い背中に腕を回してしがみついた。

さんざん指で慣らされた体は、肌が触れるだけで疼くくらいに彼を求めている。ディランの性器も完全に昂っているのを見ると、一刻も早く彼のものになりたいという衝動でいっぱいになった。

ディランは凜音の唇を吸いながら、そっとベッドに寝かせた。

両脚をゆっくりと持ち上げられ、凜音は潤んだ目で彼を見上げた。

彼はがちがちに強張った自らの性器で、二度達したのにまた半勃ちになっている凜音の性器をそっと擦ってくる。

倍ほども大きさの違う彼の昂りは、重ねると凜音の臍の辺りまである。

こんなに大きなものが入るのかと考えただけで、ぞくぞくと得体の知れない怯えが湧いてくる。弄り回されてすっかり尖った小さな乳首がじんと疼き、喉がからからになるのを感じた。

凜音の頭の脇に手を突いて、彼がそっと顔を近づけてくる。

「……リオン、いい？」

問いかけられて、ぎこちない動きで慌てて頷く。

優しく唇を吸われ、痛かったら言って、と囁かれる。

濡れ切った凜音の後孔に硬く膨らんだ先端を宛てがわれ、じわじわと押し込まれる。

「……あ……あっ」

呼吸ができないほどの苦しさはわずかの間だった。

二度達した体からは強張りが解けている。そのおかげもあってか、とろとろになるまで慣らされた蕾は、無茶な大きさのディランの先端の膨らみをどうにか呑み込んだ。

中が馴染むまでの間、ディランは無理に突き入れたりはせずに待っていてくれる。

「ほら、そんなに唇を嚙み締めないで、俺を見て……そう」

まるで子供を宥めるみたいに優しく言いながら、ディランは凜音の唇をぺろりと舐める。

繫がったままで優しく唇を啄まれる。頰や首筋にも口づけを落とされて、髪やうなじを撫でられているうち、だんだんと凜音の中が彼のモノに馴染んでいく。それが伝わったのか、少し動くよ、という囁きとともに、ゆるゆると腰を揺すられる。

「はぁ……あ、あ……っ」

彼が腰を動かすたび、くちゅ、ちゅく、っという吸いつくような恥ずかしい音が、鼓膜を刺激する。

それはまるで、凜音の中が彼の長大な性器を受け入れて、悦《よろこ》んでいるみたいな音だ。

「リオン、全部入ったよ……息をして、ちゃんと吐いて……、そう、いい子……ああ、君はなんて可愛いんだろう……」

ディランは息も絶え絶えな凜音に、蕩けそうに甘い声をかける。

頬や頭を撫でたり、涙を拭ってくれたりしながら、張り詰めた自らのもののかたちを凜音にじっくりと教え込んでいく。

「んん……っ、や、あ……んっ」

硬く滾《たぎ》った膨らみで、今日初めて知った中のいいところをうずうずと強く擦られて、凜音は泣きじゃくった。脚を開いた体勢は彼に何もかも丸見えで恥ずかしいし、突かれると快感が強すぎてどうしていいのかわからなくなる。

衝撃で萎えてしまったものを握られながら、奥を擦られるたびに自分の中が彼のものに嬉々として絡みついている。

「つらい？　苦しかったら一度抜こうか？」

ぶるぶると首を横に振ると、苦笑する気配がする。

「……抜くのは嫌なの？　これ、気に入った？」

「あっ、そ、そこ……、だめぇ……っ」

凛音が身悶えるところを見つけると、彼は優しく囁きながら、そこをまた執拗に擦り立ててくる。そのたびに啜り泣きながら身を捩らせた。

ぐちゅぐちゅと淫らな音を立てて、狭い後ろを凶悪な雄で攻められるうち、萎えていたはずの凛音の性器は、いつの間にか再び上を向いている。

腰を摑んで強く揺すられると、また新たにはしたない蜜がたらたらと零れる。

ディランから与えられる甘く激しい快感に、凛音は溺れていた。

「よかった、リオンも気持ちがよかったんだね……」

うっとりとした様子で言って、彼が凛音の性器の先端を硬い指先でやんわりと擦る。

「あ、ん……っ」

中の感じるところを硬いものでさんざん弄られているからか、同時に性器を擦られると全身がびくびくと震えるくらいに感じた。

とろっと蜜が先端から溢れ出して、凛音の薄い下腹を濡らす。

中からも、使われた潤滑剤がじわりと溢れ出して、尻を濡らす。

「君の中、信じられないくらい気持ちがいい……」

感嘆するように言って、ディランが身を倒して唇を重ねてくる。

初めて愛した人と身を繋げた悦びに溢れ、凜音は「僕も」と囁いた。

中で出してもいい？と訊かれて、恍惚《こうこつ》としたまま何度も頷く。ディランに自分の中で達してほしいという本能的な願いが湧いた。

震える手でしがみつくと、中を押し開く彼の性器がずくりと硬さを増す。

「可愛い……ああ、愛してる、リオン」

感極まったような囁きを吹き込んで、ふいにディランが荒々しく腰を突き入れてきた。

「ひっ……、あん……あっ」

されるがままに揺らされながら、また軽く達した凜音の前からぽたぽたと薄い蜜が散る。ささいな揺れではびくともしないほど高級そうなベッドが、激しい動きに小さく軋《きし》む音を立てている。

半分意識を飛ばしたような状態でひときわ奥まで貫かれ、最奥にどっと熱い迸《ほとばし》りが注がれるのを感じた。

「あ、あ……っ」

最後の一滴まで注ぎ込むように腰を擦りつけながら、ディランが顔中にキスをしてくる。

しばらくすると荒い呼吸は治まったけれど、なかなか体の熱が引かない。

凜音が陶然としてシーツに身を横たえたままでいると、髪を撫でていたディランが、ぎゅっと手を握ってきた。

「……少しでも早く、君と一緒に暮らしたい。また離れるのがつらいよ」

切実に乞われて、凜音は微笑んだ。休暇が終わったら、合格発表までの二か月はまたロンドンとアビントンでしばしの間離れ離れになる。

だが、その後は一緒の生活が始まるはずだ。

「家に帰ったら、早めに引っ越せるように少しずつ準備するね」

安堵したように笑った彼に抱き寄せられ、唇を重ねられる。

ぎこちなく吸い返すと、ディランが感極まったみたいに強く抱き寄せてくれる。

彼のものになれた幸福感で、凜音は深く満たされていた。

——使われた潤滑剤以上に自分の中が濡れていることには、そのときは気づかなかった。

連れてこられたホテルのティールームには、静かなクラシック音楽が流れている。品のある内装のここからは遠目にクリフトン吊り橋が見えて、なかなか壮大な光景だ。

そんな中、凜音はふと四年前の幸せな日のことを思い出していた。

郊外にあるヴァレット家の別邸に行く予定だったが、その前に立ち寄ったロンドンの彼の住まいで、初めてディランと体を重ねた。

その日は疲れ切って眠り、翌日になってから別邸に向かったものの、結局、本来の目的だったボート遊びや釣りなどはいっさいせず、ひたすらディランと抱き合って過ごした。

(だけど、ディランと一緒にいられるだけで、何もいらないくらいに幸せだったな……)

そっと目を向けると、テーブルを挟んだ向かい側には、三つ揃いのスーツを着た当のディランが座って、ゆったりと紅茶を飲んでいる。

あれからもう四年も経ったのかと思うと、不思議な気持ちになる。

その間には、様々なことがありすぎて、こうして彼と向かい合っていると、すべてが夢の中の出来事のように思えてくる。

だが、現実に時は過ぎ、ディランは二十六歳、自分は二十二歳になった。

そうして自分たちは、すでに別々の人生を歩んでいるのだ。

（ともかく、落ち着かなくちゃ……）

優雅な状況とは裏腹に、内心では混乱し切った凛音は、冷静にならなくてはと必死で自分に言い聞かせていた。

先ほど、凛音のバイト先である雑貨店に、スーパーを経営するイーサンがやってきた。彼がディランをともなって頼みに来たのは、予想外の話だった。

雑貨店で働く同僚のメアリーが聞き込んできた通り、ブリストルに新たな大型ホテルを建設する計画が持ち上がっているのは事実だった。

施工主はロンドンのヴァレット建設だ。しかも、もし工事が本決まりになれば、建設期間中の弁当やケータリングなどの飲食全般を地元の店に頼んでくれる予定だというのだ。

計画では一年前後かかる工事らしいが、関わる作業員の数を考えたら、ブリストルにある様々な店に莫大な利益を落とすことになる。寂れかけた街が活気を取り戻すことは間違いない。

当のイーサンは、スーパーの隣でカフェも経営している。

そんな彼は、ヴァレット建設のＣＥＯであるディランが直接足を運び、ケータリングの見積もりについて訊かれたことで、すでに有頂天になっていた。

ホテル建設の可否を決定するロンドンでの本会議までは、あと一か月ほどある。

それまでの間に、建設計画の最高担当責任者であるディランはこの地に滞在し、周辺の観光地を実際に見て回ったり、この土地にホテルを建てる利点を自分自身の目でできるだけ多く知っておきたいのだと言う。

そこで、ホテルに足を運んで金を落とす年代である地元住まいの者――つまり、凜音に彼の案内役を頼みたいと言われて仰天した。

もっと適任者がいる、カフェのバイトの女の子たちなどのほうが自分より若いし、この辺りの観光にも詳しいと訴えたが、イーサンは困り顔で手を振った。

『他のバイトの子も何人か紹介したけど、駄目だったんだ。ヴァレットさんは、どうもリオンが一番気に入ったみたいなんだよ』

イーサンから頼むよ、と深々と頭を下げられ、凜音は困惑した。

そうこうしているうちに、病院から雑貨店のオーナーであるジャクソンが戻ってきた。店内をしげしげと見て回っているディランと、困り果てている凜音に目を丸くしつつ、彼はイーサンから事情を聞き出した。ジャクソンは、『リオンが嫌なら、気にせず断って構わないよ』と言ってくれた。けれど、そう言われると、これまで世話になってきた彼に申し訳ない気持ちが湧いた。

足の悪いジャクソンは色々な面で、優しい甥のイーサンに助けられている。そして、凜音もまた、子供関係の休みを快く許容して、フォローしてくれるジャクソンとイーサンの助けがなければ、とても雑貨店の仕事は続けられなかったのだ。

しばらく葛藤した末に、凛音は決めた。

「……じゃあ、お力になれるかはわかりませんが、ともかく一度だけ、僕にわかるところをご案内します」

促されて、ディラン自ら運転してきた車に乗り込む。イーサンからは手を握って感謝され、ジャクソンは心配そうに見送ってくれた。


ディランは助手席の凛音を見ずに、「まずは状況を説明したい」とだけ言うと、まっすぐにこの辺りで一番立派なホテルに車を向けた。

ティールームに連れてこられても、凛音は黙っていた。カップを置いたディランが、ビジネスバッグからタブレットを取り出す。

「これが今回のホテル建設の概要だ。目を通してもらえるか」

データを表示しながら言われて、おずおずと受け取る。

「現在のところ、建設はほぼブリストルで確定だが、社内には他の候補地を推す者もいる。もう一か所はバースで、すでに新旧のホテルが多く建っている。俺はこの土地を推すつもりでいるから、計画を進めるために、君が知る限りのこの辺りの魅力を教えてもらえたらありがたい」

データにざっと目を通す。建設計画では、五百室以上の客室を備えた大型ホテルのようだ。

ジムやカジノ、プールにスパ、ブティックなど、建物内には様々な遊興施設も作られる。建設が確定すれば、息子たちの働き口ができたとメアリーは大喜びだろう。

一通り読んで、タブレットを彼に返しながら、凜音は口を開いた。

「ええと……とりあえず、僕が知っている近隣の観光施設は、ここからも見えているクリフトン吊り橋だけなんです。あちらでよければご案内できますが、それ以外のところは、行ったことがないので魅力もわかりませんし、ご案内のしようがありません」

暗に、案内役として力にはなれそうにない、と訴える。ディランは不思議そうに訊ねてきた。

「この辺りの観光地を巡ってはいないのか？」

「そうですね、あまり……。街にはもちろん、生まれてからずっと住んでいる人もたくさんいますし、紹介もできます。例えば、雑貨店のバイトの女性のお子さんとか、僕よりこの土地に詳しい案内の適任者がいますので……」

「――いや、案内役は君に頼みたい。じゃあ、茶を飲み終えたらまずはその吊り橋とやらに行こうか」

強引に話を切り上げて、彼は茶を飲み干す。凜音は目の前にある手つかずの紅茶を眺めて、ため息をつきたくなった。


十九世紀に作られた二つの街を結ぶ橋はエイボン渓谷にかかっている。世界最古の鉄橋という謳《うた》い文句だけれど、実際はもっと古い鉄橋があるはずだ。

駐車場に車を停めて、ディランのあとについて歩く。「徒歩で通れるんだな」と呟き、進もうとするので、凜音は思わず足を止めた。

「——どうした?」

「あの……すみません、僕はあまり高いところが得意じゃないんです」

昔から極端に高いところは苦手だった。恥ずかしいけれど、こんなところを歩くのは怖すぎて足が竦んでしまう。それを聞くと、笑うでもからかうでもなく、そうかと言ってディランは橋を渡るのを諦めたようだ。

その代わり、橋を眺められる場所に立ち、モバイルで何枚か写真を撮っている。

凜音がそれをぼんやり見守っていると、風にスーツのジャケットの裾が翻り、すらりとした彼の体軀《たいく》を見せる。

遠目に見ているうち、ハッとした。

ティールームにいるときは、なるべく見ないようにしていたから気づかなかった。

――彼は左手の薬指に白銀の指輪をはめている。

結婚指輪か婚約指輪かわからないけれど、その指にはめるのは、明らかに特別な約束事が込められた指輪だ。それに気づき、凛音は自分でも驚くほどのショックを感じていた。

(馬鹿だな……彼に決まった相手ができて、悲しむ資格なんて僕にはないのに……)

「クリフトン天文台はあれか。登らなくていいから、あちらにも行ってみたい」

吊り橋を見下ろす高台にある天文台を指して、ディランが言う。

行こうと促されて、凛音は思い切って口を開いた。

「ヴァレットさん」

ディランが怪訝《けげん》そうな顔で振り返る。見たこともないような冷ややかな表情に気圧《けお》されそうになったが、必死で訴えた。

「僕は、雑貨店の他に仕事もありますし……どう考えても、あなたの案内役に適任じゃありません。お願いですから、他の人に頼んでもらえませんか」

ディランがこちらを値踏みするような目で見据えて、腕組みをする。

「もし、君が案内役を断るというなら、ホテルの建設は別の候補地に決める」

「そ、そんな……」

凜音は愕然とした。

「さっきの男が皮算用したケータリングの利益も、ブリストルの街の今後も、何もかも君次第だ」

脅す口調ではなく、淡々と彼は言った。

「別に無理強いするつもりはない。それほど無理なことは頼んでいないはずだ。寂れた街を復興させて他の奴らの助けになりたいなら、雑貨店で働いているのと同じ時間、毎週俺につき合ってくれればいい。時給は雑貨店の十倍払う」

そんなのいりません、と言ったが、では雑貨店に預けておく、と彼は言う。

——つまり、週に三回、雑貨店で働く時間、凜音が街のあちこちを案内することを彼は望んでいるのだ。

確かに、無理な話ではない。けれど、凜音にとって、それは拷問にも等しいほど苦しい話だった。

凜音が答えに詰まり、黙り込むと、ふいに彼が声音を和らげた。

「……せめて、そのくらいはしてくれてもいいだろう?」

見ると、あまりにも頑《かたく》なに断ったせいか、彼がどこか傷ついた顔をしているように見える。

そんな顔を見ると、四年前の記憶がまざまざと蘇《よみがえ》る。

凛音は初めて恋をした彼を、心から愛していた。

過去の気持ちを思い出して、苦しいほど胸が締めつけられた。

「……わかりました」

どうしようもなくなって、仕方なくそう答える。

ディランはホッとした顔になって頷き、気を取り直したように「じゃあ、天文台に行こうか」と促す。

少し距離を置いて、その背を追いながら、凛音は複雑な気持ちになった。

――嫌いになって別れた相手ではない。

そのせいで、いきなり現れたディランに、どんな顔をして、どんな態度をとることが正しいのかがわからない。

別れを決めた自分にできることは、彼からできる限り離れ、永遠に会わないでいることだけだったのに。

（急いでアビーに連絡して、事情を訊かなくちゃ……）

ディランが自分の現在の住まいを知ったとしたら、養母のアビゲイル経由しか考えられない。住まいを知られただけであればともかく、もし、双子の存在まで伝わっていたらと
凛音の背筋は冷たくなる。

――ディランは、どこまで真実を知ってしまったのだろうか。

『あ、あら、リオン！　どうしたの、ええと、双子は元気にしている？』

アビゲイルに電話をかけると、いつになくおどおどと後ろめたそうに出た。その様子は、すでに告白しているも同然だった。

「やっぱり、ディランに僕が今ブリストルに住んでることをばらしたのは、アビーなんだね」

＊

電話の向こうで息を呑む気配のあと、『……ごめんなさい、でもどうしようもなかったのよ』とアビゲイルはすまなそうに謝った。

彼女が言うには、凜音が双子を産んで間もなく、ディランから連絡が来たそうだ。

『どうしても、もう一度リオンと話がしたい』と。

もちろん断ろうとしたが、彼は諦めなかった。ヴァレット家には金と権力がある。それを使えばいくらでも凜音の現住所を調べ上げ、押しかけることができるのだ。

アビゲイルが口を噤んでいても、彼が知ろうとさえすれば、凜音が子を産んだことはいつかはわかってしまう。

彼女は悩んだ末に、知ってもぜったいに直接関わらない、凜音の前に姿を現さない、という約束で、凜音が今どこに住んでいるのかを打ち明けざるを得なくなったのだという。

（じゃあ、双子が生まれてすぐに、ここに住んでいることが……？）

凜音は青褪めた。だが、やむをえなかったのだと思うと、アビゲイルを責めることはできなかった。

四年間守ってきた秘密が明かされそうになり、不安でいっぱいになる。

『ねえ、リオン。生まれる前ならともかく、もう無事に生まれたのだし……会う機会ができたのなら、ディランと話をしてみてもいいんじゃないかしら……？』

やんわりと諭すように言われて、凜音は口籠もる——話せるわけがない。

アビゲイルは、ブリストルに移り住んだ凜音が双子を出産した後、動けるようになるまで献身的に支えてくれた。

だが、一緒に暮らすとどっぷり甘えて、彼女の仕事に支障をきたしてしまう。育児に慣れた頃、凜音はもう大丈夫だからとアビゲイルに伝えた。今は定期的に双子に会いに来ては、泣く泣くロンドンに戻る暮らしを送っている。とはいえ、一人では到底やっていけないので、乳母や家政婦の助けを借りて、凜音はどうにか今までやってきた。そして、これからも、なんとかやっていけるはずだ。

「……もしまだ双子のことが伝わっていないなら、ディランには知られずにいたい」

「リオン……」

万が一にも、彼が新しいパートナーとの間の子に恵まれず、ルイスかミアを跡継ぎに欲しいと言われたら。

もしくは、反対に、勝手に産んで迷惑だ、遺産目当てだと思われたらと思うと、目の前が真っ暗になる。

「……今後も、できる限り彼とは関わらずにいたい」

『そんな……』

アビゲイルの悲しげな声が耳に届く。

サイドボードの写真立てには、赤ん坊の頃からの双子たちの写真、アビゲイルと凛音、アレックスの写真が飾られている。

そして、その中の一枚に、凛音とアレックスとディランが一緒に映った、あの港町に出かけた日の思い出の写真があった。

再会したときのどこか険しい顔をした彼ではなく、出会って間もない頃の爽やかな笑みを浮かべた大学生の彼だ。

そばにははにかんで笑う自分と、元気なアレックスがいる。

今も大切にとってある、凛音が一番幸せだった頃の宝物だ。

だが今は、その写真を眺めるたびに、悲しい気持ちになった。

――ディランと自分は、結ばれない運命だったのだから。

＊

――四年前。大学の合否通知が出るまでの間、凜音は恋人となったばかりのディランと休暇を過ごし、初めて体を重ねた。

幸せな休日を終えて、アビントンに戻ると、受験の合否が出る前に、凜音は少しずつ引っ越しの準備を始めた。

大学の合否が決定したら、まずはアビゲイルにディランとの交際を打ち明ける。それから、彼との同居の許可をもらい、ディランがどうかと言ってくれたアビゲイルの住まいについても相談するつもりだ。

――だが、もうじき合否の通知が来るという八月半ばに、凜音は体調を崩した。

食欲がなくて微熱があり、体が重い。毎日メッセージのやりとりがあるディランは、不動産部門を任されたばかりでかなり忙しいらしく、心配はかけられない。しかし、なかなか体調は回復せず、凜音は不安になった。

アビゲイルにぜったいに行くようにと言われて病院に赴き、不調を説明した。検査の途中から、またオメガ専門の科へ案内されて、そこで衝撃の結果を伝えられた。

『妊娠していますね。十週目ほどで、双子です』

信じられなくて、妊娠？ 双子？ 本当に？ と凜音は何度も医師に確認した。

まったく考えてもいなかった診断結果だった。相手はディラン以外にはなく、二ヶ月前、三日間の休暇の際にできた子供だとわかった。

これまで、毎年受けてきた検査では、不妊治療をしない限り子はできないだろうと断言されていた。だから凜音は、たとえオメガではあっても自分は子を望めないのだと思い込み、避妊の必要性を考えたこともなかったのだ。

最初は驚愕したけれど、事実だと納得すると、次第にじわじわと嬉しい気持ちが湧いてきた。

あとから思い返せば、考えなしな子供の反応だったと思うけれど、そのときは戸惑いよりも喜びのほうが大きかった。

この子供たちは、愛するディランとの間にできた子供なのだ。

彼は自分を愛してくれていると思う。同居も準備して、一緒に暮らすことを強く望んでいた。愛情深く誠実なディランは、子ができたと知れば、きっと喜んでくれる。アビゲイルだって、少し早いが孫ができれば可愛がってくれるはずだ。

まだ合否のわからない大学については悩んだが、合格していたら、ギャップイヤーを取って出産し、来年から通うこともできる。

大変だろうが、きっとなんとかなるはずだ。ともかくまずはアビゲイルに相談しようと、帰宅してすぐに養母に妊娠を報告した。

――しかし、養母は子ができたこと、相手はディランだということを知ると、なぜか呆然とした。喜ぶどころか、動揺しておろおろし始めた彼女は、凜音に驚愕の事実を伝えた。

『リオンのママは……ディランのお父様の恋人だった女性が産んだ子だったの。だから、ディランとリオンは血が繋がっているのよ』

信じがたい話に、凜音は言葉を失った。

そもそも、自分は両親のわからない孤児だったはずだ。

アビゲイルを落ち着かせて、よく話を聞くと、ディランの父は昔、妻のエミリアとの婚約期間中に別の女性とも交際していた。二股相手の女性であるイブリンは没落した男爵家の娘で、ディランの父の秘書として働く中で、彼の子を妊娠した。だが彼は子を認知せずに、エミリアを妻に迎えた。

イブリンは憤慨して裁判を起こそうとしたものの、ヴァレット家の有能な弁護士にはめられて、いくばくかの慰謝料のみを与えられただけで泣く泣く認知と莫大な財産を諦めるしかなかったそうだ。

イブリンが産んだのは、ソフィーという名の女の子だった。

イブリンはアビゲイルと共通の友人がいた縁で、偶然友人になったそうだ。アビゲイルはディランの妻であるエミリアとも旧友なので、揉め事の話を聞いたときは複雑だったようだが、ソフィーは控えめな性格の可愛らしい子で、苦しい親子の生活を気にかけてきたそうだ。

成長したソフィーは、たった十七歳で未婚のまま恋人との間に子を授かった。しかし妊娠中に持病が悪化して、出産後間もなく天国に行ってしまったそうだ。アビゲイルが彼女が遺した赤子に会いに行くと、祖母であるイブリンは孫を邪険に扱っていた。さらには、欲しがる人がいれば売って金に換えたいとまで言うから衝撃を受けたそうだ。

赤子の身の安全のために、ともかく養護施設に預けるようにと説得したが、イブリンはある日まともな手続きもとらず、赤子を養護施設の前に置いてきてしまった。

アビゲイルは安全な場所に引き取られた子にホッとしたが、捨てたのが誰かを訴えれば、イブリンは警察に捕まる。それが孫である赤子のためになるかと悩み、黙ったまま、赤子の里親になることを決めた。

──その子こそが、凛音だというのだ。

凛音の母であるソフィーは、ディランの父の、結婚前の交際相手が産んだ子──。

つまり、ディランと凛音は、半分だけだが、叔父と甥の関係ということになる。

母のソフィーが認知されていないので、表向きの繋がりはない。

それでも、血縁上では、二人は子を作るどころか、結婚も許されない間柄なのだ。

まさかの事実を知らされて、衝撃を受けている凛音に、アビゲイルは泣きながら謝罪してきた。

『二人が仲良くなってくれて、嬉しかった。兄弟のように仲が良くて、微笑ましく思っていたけど、まさか、リオンがディランと交際しているなんて、思いもしなかったのよ』と。

アビゲイルは凜音の本当の出自を誰にも伝えていないので、エミリアも、もちろんディラン自身も、凜音との血縁関係を知らない。

すでにソフィーもイブリンも亡くなり、事実を知る者自体がほとんどいない。

——互いの血の繋がりを知らないまま、凜音はディランと恋に落ちた。

しかも、不幸にも子が望めないオメガだったはずの凜音は、彼との間に双子を授かってしまったのだ。

アビゲイルもショックを受けていたが、凜音の絶望は計り知れないほど大きなものだった。

翌週には大学の合格通知が来て、皮肉にも、凜音は第一志望であるロンドンの大学に受かっていた。

アビゲイルは罪悪感があるようで、すべて凜音の決めたことを全力で応援すると言ってくれた。

凜音はさんざん悩んだ末に、ディランに子ができたことを告げないまま、彼と別れることを決めた。

もちろん、何も知らずに同居の準備を整えていたディランは驚き、何度もアビントンに会いに来た。突然の別れ話に納得がいかずに、誰かに反対されたのか、何があったのかと食い下がったが、凜音は決心が揺らぎそうで、彼とはもう顔を合わせられなかった。

そんなとき、ふいにディランが家を訪れなくなった。

闘病していた父が亡くなり、長男である彼がヴァレット財閥のすべての家督と、それからウィルフォード公爵位を継ぐことになったのだ。

葬儀と様々な継承問題で、凜音に構っている余裕がなくなったのだろう。

父を亡くした彼のことが心配だったけれど、そう思えば思うほど、自分はディランから離れるべきだとわかっていた。

ディランと別れたあと、凜音は進学も諦めた。ディランとの別れのショックがあまりに大きかったせいか、なかなか体調が安定せず、どうしても初めての出産後に双子を育てながら大学に通える気がしなかったのだ。

もう彼と会えないことがつらくて、目が腫《は》れるまで泣いて、何度もどうにかならないかと考えたが、あるときから唐突に覚悟が決まった。

——腹の中で、双子が動くのを感じたのだ。

そのときから、凜音は泣くのをやめた。

二度とディランに会うことはないほど遠くまで離れ、彼のことは思い出の中に閉じ込めて、一人で双子を育てると決意したのだった。

慣れ親しんだハーベストライフの看板の前で、凜音はため息をついた。

いつもディランが車で迎えに来る場所は、雑貨店だ。

家まで行くと言われたけれど、最初に子供たちを預けにナーサリースクールに行くので、このほうが都合がいい。それに、すでに知られているとはいえ、彼に家まで来られるのは怖かった。

ロンドンに住むディランが、ホテル建設の計画のため、ここブリストルにやってきてから、もうそろそろ二週間になる。すでに近隣の主だった観光地は回り尽くしてしまい、どこに行くか凜音はWebで調べては頭を悩ませているところだ。

ディランは近隣で最もいいホテルのスイートルームに滞在して、凜音を半ば強引に案内係に決め、週三回欠かさずこの店まで迎えに来る。

＊

凜音は今やイーサンを含めた、ホテル建設が決まれば得をする人々から大いなる期待をかけられている存在だ。『ともかく、ヴァレットさんの機嫌を損ねないでほしい』とイーサンからは商品券の束とともに懇願される始末で、正直、とても気が重い。

（こんなことになるくらいなら、さっさと引っ越すべきだったのかな……）

だが、自分だけならともかく、双子の友人関係や大好きな先生、慣れたナーサリースクールなどを考えると悩ましい。子連れでの引っ越しはそう簡単にはいかないのだ。

見慣れたSUVが店の前に停まる。

「おはよう、リオン」

スーツ姿のディランがご丁寧に運転席から降りてきて、凜音のために助手席のドアを開けてくれた。

おはようございます、と挨拶をして、凜音は重たい気持ちで車に乗り込む。

「実は、チェックしていたら、近隣にいくつか人気のカフェがあるのを見つけたんだ。二号店としてホテルに誘致するのもいいと思う。今日はその辺りを巡るのではどうかと思うんだが」

「もう、だいたい観光地は回ってしまったので、お任せします」

凜音は悄然《しょうぜん》と答える。

彼が車を出す前に、ふとこちらを見た。

「体調でも悪いのか？　熱は？」

気遣うように訊ねられて、失礼、と額に触れられそうになって、反射的に身を引く。

「だ、大丈夫です、すみません、少し寝不足なだけで……」

とっさに無礼な逃げ方をしてしまった、と凜音は内心で自分を責めた。だが、ディランはそうか、とだけ言うと、気にしていない素振りでハンドルを握り、車を出す。

その日はぎくしゃくしてしまい、雑談すらもうまく反応できなかった。

いくら昔の知り合いとはいえ、失礼な態度をとりたいわけではない。接客業もできるようになったというのに、なぜか引き籠もりだった頃の自分に戻ってしまったような気がして、凜音は歯がゆい気持ちになった。

二軒目のカフェを出たところで、ディランが「今日はここまでにしよう」と言い出した。まだ時間は昼を少し過ぎたところだ。

「疲れが溜まっているんじゃないか。今日は少し休んだほうがいい」

彼は心配そうにこちらを見ている。思いがけない優しさに凜音は戸惑った。彼は昔から、こういう人だったのだと思い出すと、まだ癒えていない胸の傷がずきんと痛んだ。

いつものように、雑貨店まで送ってもらう途中、凜音のモバイルが鳴った。

発信者は、双子を預けているナーサリースクールだ。すみません、と運転中のディランに声をかけてから、急いで電話に出る。

「はい、はい……じゃあすぐに行きますね」

電話は、ルイスが熱を出したという連絡だった。すぐに迎えに行かねばならない。

「どこに送ればいい？」とディランに訊かれたが、凜音は答えられなかった。

「いえ……いつも通り、ハーベストライフの前で降ろしていただければ」

今すぐにナーサリースクールに向かいたいが、彼には言えない。

「目的地まで送っていくよ」

「いいえ、すぐそばなので結構です」

「――リオン、何か急ぎの連絡だったんだろう？　意地を張っている場合か？」

静かな声音に、ぐっと詰まる。

凜音がまだ悩んでいると「子供がいることは、知っている」と言われて、身を硬くする。

もう、隠そうとしても無駄なのだと悟った。


ディランの運転する車でナーサリースクールに着くと、顔を赤くして毛布をかぶったルイスを引き渡された。

いつも完食するランチを食べず、どうしたのかと思っていたら、熱があったようだ。咳《せき》も鼻水も出ていないので、風邪ではないらしい。

別のクラスにいるミアは元気だというので、お迎え時間まで普段通り預かってもらうことにする。

ルイスを毛布ごと抱き上げ、先生に挨拶をしてスクールの門を出る。すぐそばに停めた車からディランが素早く出てきて、後部座席のドアを開けてくれた。

彼はルイスの赤い頬を見て一瞬動きを止め、「病院には行かなくていいのか？」と心配そうだ。

大丈夫だと伝えると、彼はそのまま凜音とルイスを自宅まで送ってくれた。

ルイスは初めて会う大人の男性に少し緊張気味だったが、熱があるせいか大人しい。

「お薬を飲んだら、少し寝ようね。起きたらとっておきのおやつをあげるから」

家に戻ると、まっさきにルイスを子供部屋のベッドに寝かせて、ゼリーに混ぜた熱冷ましの薬を飲ませた。

ルイスは定期的に熱を出すので、かかりつけ医から薬をもらっているのだ。

一緒に横になって見守っているうち、うとうとし始めたので、ベビーモニターを点けて静かに子供部屋を出た。

リビングルームのソファには、ディランが座っている。

家まで送ってくれたとき、ここまででじゅうぶんだと言ったのだが、彼は持ち切れなかったルイスの荷物を持って一緒に運んでくれたのだ。

(この家に、ディランがいるなんて……)

双子と暮らしてきた家に、ディランがいる。ここは、彼から逃げるようにして移り住んだ場所だったのに。

どうしてこんなことになってしまったのかと、凜音は内心で頭を抱えたくなった。

だが、助けてくれた彼を追い返すわけにもいかず、ともかく茶を淹れる。熱い紅茶の入ったマグカップを受け取り、礼を言ってから、ディランがふと訊ねてきた。

「あの子はよく熱を出すのか」

「興奮すると、たまに……でも、翌朝にはいつも元気になっているので」

ディランと子供の話をしていることが不思議でたまらない。居心地が悪くて、何をどこまで知っているのかと追及したいような、このままどこかに逃げ出したいような複雑な気持ちになる。

玄関のベルが鳴り、宅配の荷物を受け取る。家に戻ろうとすると、隣の家のご婦人が野菜をくれて、少しだけ立ち話をする羽目になった。家にディランがいるのに、と思いながら、早めに話を切り上げて慌てて戻る。

「すみません、隣の人が……」

謝りながら凜音が部屋に入ると、ソファに座ったディランはベビーモニターをじっと眺めていた。

「よく寝ているみたいだ」

目を細めて笑う彼に、心臓を突かれたような痛みが走った。

なんとも言えずに、凜音は、よかった、ともごもごと呟く。

茶のお代わりを淹れようかと考えていると、モバイルがアラームを鳴らしてハッとした。

――いつものお迎えの時間だ。

双子の片割れが具合を悪くした今日のようなときは、もう一人のお迎えを誰かに頼まなくてはならない。いつも頼んでいるベビーシッターに連絡を入れようと考えてから「ごめんなさい、ちょっと電話をします」とディランに一声かけた。

彼がソファから立ち上がる。

「もう一人の子のお迎えだろう？　俺が行こうか？」

驚くようなことを言われて、凜音はぎょっとする。

「け、結構です」

急いで慣れたベビーシッターに頼もうとすると、今日は体調不良で寝ているからと謝罪されて断られてしまった。慌ててお大事にと声をかけ、他の人にも当たってみるが、運悪く全滅だ。

（どうしよう……ミアが待ってるのに……）

「俺にできることがあれば、なんでもするが」

ディランにそう申し出られて、凜音は困り果てた。

「……ナーサリースクールは、登録のない人にはお迎えを頼めないんです」

「だったら、ここでこの子の様子を見ていようか」

ベビーモニターを指差される。ルイスを一人で置いてはいけないし、ミアは一人では帰ってこられない。こんなとき、凜音は一人しかいないから、誰かの手を借りなくてはどうにもならない。

けれど、どうしても彼の手を借りる踏ん切りがつかなかった。突然、理由も告げずに、ひどい別れ方をしたと思う。恨まれていても仕方ない。そんな自分のことを、ディランがどう思っているのか、どうしてもわからない。彼がその気になれば、有能な弁護士をつけて訴訟を起こし、凜音から双子を奪うくらいたやすいはずだ。

もし、子供を連れていかれてしまったらと思うと、目の前が真っ暗になった。

「……お、お願いだから、子供たちと引き離さないで」

震える声で凜音が頼むと、ディランは一瞬驚いた顔になった。呆気にとられたような表情をしてから、ハッとして慌てた様子で言う。

「リオン、そんなことはぜったいにしないよ」

近づいてきた彼が、凜音の肩にそっと触れる。すぐそばに来た彼の体からは、懐かしくて、とてもいい香りがした。

「俺が、君の意思に反して何かをしたことが、今までに一度でもあったか？」

穏やかに諭すように言われて、凜音はゆっくりと首を横に振った。一度もない。

「だろう？　だったら、どうか信じてくれ。ただ、手助けしたいだけだ。君の大切な子供たちを奪ったりすることはないと、神にかけて誓う」

凜音は自然と頷いていた。彼は、養母を除けば、凜音にとってこの世で誰よりも信頼できる人だった。

——そんな彼を悲しませ、理由も告げずに離れたのは、自分なのだ。


凜音は眠っているルイスの見守りをディランに任せ、ミアを迎えに行った。

『ちょっと、お客様が来てるからね』とあらかじめ伝え、ミアと手を繋いで、凜音は急ぎ気味に家に戻る。

「——やあ、お帰り」

ベビーモニターを手に持ったまま、玄関先に出てきて、ディランはにこやかに出迎える。

「はじめまして」と言う彼の顔を見て、ミアはぽかんとなった。

「ええと、ミア、この人はディランだよ。初めましてのご挨拶は？」

ぎこちなく凜音が促しても、ミアは大きな目を真ん丸にして、じーっと穴が開くほどディランを眺めている。

「……パパ？」と訊かれて、ディランがかすかに目を瞠る。

凜音もぎょっとして「み、ミア⁉」と声を上げた。ミアは小さな手で棚の上に並べられた写真を指差す。そこには、たくさんの双子の写真に交ざって、一枚だけ、昔アレックスと三人で出かけたときに撮った思い出の写真がある。

「だって、ほら、写真のパパとおんなじかお！　それに、リオンいつもいってた、『パパはミアたちが大人になったらあいにきてくれるよ』って。ミア、もう大人になったのかもしれない！」

興奮して駆けていくと、ミアはディランの足にむぎゅっとしがみつく。

「パパだよね？　ミアとルイスにあいにきてくれたの？　ずっとまってたんだよ!!」

そうか、と言って微笑み、質問には肯定も否定もしないまま、ディランはミアの頭を優しく撫でた。

凜音はうっかりディランの写真を飾ったままにしていた自分に絶望した。

なぜ自分たちには父親がいないのかと不思議に思うようになった双子に、死んだなどという嘘《うそ》はどうしてもつけなかった。彼の写真を見せて『大人になったら会いに来てくれるよ』と誤魔化すのがせいいっぱいだったのだ。

凜音が誤魔化す言葉を失っていると、ディランが手にしたベビーモニターから、ママと呼ぶルイスの半泣きの声が聞こえてきた。

ようやく二人を寝かしつけ、凜音はよろよろと子供部屋を出る。

（疲れた……！）

予想外のことが多く、慌ただしい一日だった。一度座ったら、もう立ち上がることが困難なくらいに疲れ切っている。

「お疲れ様」と言って、なぜかまだ家にいるディランが、ワイシャツの袖を腕まくりして勝手知ったるキッチンで茶を淹れてきてくれる。

もう拒む元気もなく、礼を言って凜音はそれを受け取った。

パパがきた！と言い張ってミアは大はしゃぎだったが、目覚めたルイスは状況が呑み込めないようで、最初はやたらと不機嫌だった。

ディランがいると、ルイスは警戒して、凜音からまったく離れないので家事ができない。なんでもするから指示を、とディランに言われて、やむを得ず頼むと、器用な彼はなかなか有能な助手になってくれた。

彼はレンジで作り置きの食事を温めて、双子の夕食を要望通りに揃えてくれた。

リオンが細かくした食事をルイスに食べさせ、ゼリーに混ぜた薬を飲ませてと世話をしている間に、彼はミアが食べるのを見ていてくれるから、いつもの半分の手間で済む。

そのうち、ディランの膝に乗ってご機嫌なミアを羨ましく思ったのか、ルイスが自分もと彼の膝に乗りたがるようになった。ディランは快くルイスを抱き上げて、ミアの隣に乗せてくれる。ワイシャツとスラックスが皺になるのも構わずに。

ミアが当然のようにパパと呼ぶので、ルイスはディランの顔をまじまじと見て、不思議

そうな表情をしていた。双子を膝に乗せたディランが、一緒にお気に入りのアニメを教えてもらって笑っているのを見ると、凛音の胸は苦しいくらいに締めつけられた。

　薬が効いて、ルイスが眠そうな顔をし始めたので、凛音が抱いて子供部屋に連れていった。だが、風呂を済ませたミアは眠らず、『ぜったいに帰っちゃだめ』とディランに無理やり頼み込んで譲らなかった。

　彼が明日の朝また会いに来ると約束して、ようやくベッドに入ったほどだ。

　凛音が茶を飲んでいる間に、許可を得て、ディランが簡単な大人用の夕食を作ってくれる。本当は、彼に食事を振る舞うべきなのは自分なのにと恐縮したけれど「無理しなくていい」とディランは無理に気遣うでもなく自然に動いてくれた。サラダにマカロニチーズ、マッシュポテト。何か食べなくてはと思うのに、ケータリングを頼むと双子が起きてしまう。自分の食事を作る元気はもうなかったのでありがたかった。人が作ってくれたものを食べるのは久し振りで、しみじみと美味しく感じられた。

　ディランはなんと手早く食器の片づけまで済ませてくれて、感謝しかない。

「……子供は可愛いが、毎日本当に大変だったな」

　ソファで一つ空けた隣に座った彼が、労わるように言う。自然な手つきでそっと髪を撫でられたが、もう逃げたり拒んだりする気も起きない。疲れ切った凛音はシャワーを浴びる元気もなく、うとうとしていた。

他に何かすることは、と訊ねられて「もう、じゅうぶんだから」と首を横に振る。

「ミアと約束したから、明日の朝、また来るよ」

見送りを断って彼が立ち上がる。複雑な気持ちだったが、ディランがいなければどうにか今日を乗り切ることはできなかった。

「……今日は、本当にありがとう。気をつけて」

どうにか玄関先までついていき、ぼそぼそと礼を言う。

小さく笑った彼が、こちらに手を伸ばそうとして、その手を握り込む。じゃあ、と言って帰っていくディランの背中を、凜音は複雑な思いで見送った。


翌朝にはルイスの熱も下がった。目覚めたルイスがいつも通りの元気を取り戻すのを見て、凜音はホッとした。

そして、ミアとの約束通り、ナーサリースクールに向かう時間より前に、ディランがまた家にやってきた。子供たちの相手をしてくれるつもりなのか、今日はジーンズにシャツというカジュアルな格好だ。服装に構っているだけの余裕がなくて、凜音は毎日ラフな服装なので、少しホッとした。

「おはよう、リオン。ミアとルイスも」

ベルが鳴ってドアを開けると、玄関の前に立った彼は爽やかな笑みを浮かべている。

「パパ、おはよう！」とミアは大歓迎で抱きつき、「パパ……？」と、ルイスも半信半疑ながら彼の足に纏わりつく。

（どうしよう……）

双子の反応に困惑しつつも、どうにか表には出さずに、凜音は平静を保とうとする。

「ほ、ほら、ディランが困っているよ。二人とも、バッグをかけて、手を繋がなきゃ」

ミアがどうしてもパパと一緒に行くと言ってきかないので、やむを得ず、今日は二人で双子をナーサリースクールに送ることになってしまう。

どうしてこんなことに、と凜音は内心で途方に暮れた。


双子を送ってディランと家に戻りながら、明日から起こるであろう騒動を想像して、凜音は頭痛がしてきた。

「このひとね、ミアたちのパパ！」とナーサリースクールに着くなり、ミアが大声で言い出した。先生たちも、その場にいた保護者たちも、ディランを見て目を丸くしていた。

しかも、ルイスは明らかにディランにそっくりで、並んでいると親子としか思えない。

もはや凜音には誤魔化しようもなく、ぎこちない笑みを浮かべて双子を送り届けるのがせいいっぱいだった。

(明日からは、送るのもお迎えもママだけだよって言い含めなくちゃ……)

さらにミアは、ディランにぜったいにお迎えも来てねと約束させていた。彼はすんなり「わかった」と答えていたが、子供との約束を破るとあとが大変なのだ。ミアには、ディランは忙しいのだからお迎えを頼まないようにと、よくよく言って聞かせなくてはならない。

(今日は、雑貨店のシフトの日じゃないから……、本当は、ディランに会う予定はなかったんだっけ……)

彼は凜音たちの家の前に車を置いて来たので、家まで一緒に戻った。今日は案内をする約束の日ではないから、すぐに去るのだろうと凜音はぼんやり思っていた。

しかし、車の前まで戻ったところで、ディランは躊躇うようにして切り出した。

「今日は、案内してもらう日ではないが……少し、話す時間をもらえないか」

凜音はぎくりとした。

――とうとう来たか、と思ったのだ。

昨日からの怒濤《どとう》の出来事で、落ち着いて考える暇がなかった。だが、彼はもう双子のことを知ってしまっている。今更隠しようもないのだから、話し合いに応じるしかない。

凜音を助手席に乗せると、彼は最初の日に茶を飲んだあのホテルに車を向けた。

「人のいないところで話がしたい」と言われて、彼が滞在している最上階の部屋に案内される。

どんな話をされるのかと思うと、凜音は緊張した。

広々としたスイートルームの居間に促され、十人は座れるソファを勧められて腰を下ろす。凜音の向かい側に座ると、ディランが口を開いた。

「ルイスの熱が下がってよかった」

ディランがぽつりと言う。

「うん……昨日は、いろいろ手伝ってもらえて、本当に助かりました。ありがとうございます」

ぎこちなく礼を言うと「いいんだ」と彼は首を横に振る。

しばしの沈黙が落ち、彼が静かに口を開いた。

「一人で双子を育てるのは、ずいぶん大変だろう。もうわかってもらえたと思うが……俺は何も危害を与えようとは思っていない。そうじゃなくて、俺は君の……君たちの、サポートをしたいと思っている」

ぎこちない言い方で、ディランは告げた。

「俺にできることがあれば、金銭面でも、直接の手助けでも、なんでもしたい。君が嫌なことは何もしないから、どうか前向きに考えてほしい」

意外なことに、彼はミアとルイスとの血縁を追及したり、ＤＮＡ鑑定を要求したりなど、凜音が恐れていたことを一つも口にはしなかった。

ベータではなく、オメガだったのかと責めることもない。

子供を奪おうというつもりはないようだとわかると、凜音は少しだけ安堵した。

間もなく、ドアがノックされて、ルームサービスが運ばれてきた。丁重に茶を並べ、ボーイが部屋をあとにすると、ディランが切り出した。

「伝えておくが――ホテル建設は、正式に決定した」

「そうですか、イーサンたちが喜びます」

ホッとして凜音は言った。

「ああ。君にもいろいろと案内してもらって世話になった。この部屋は今週で引き払うが、工事の進捗を確認しに俺は定期的にブリストルに来る予定だ。そのときに……また、君たちと、会う機会をもらえたら嬉しいと思っている」

迷いながら言う彼に、凜音は身を硬くする。

「ああ……違う、そうじゃないんだ」

ディランは独り言のように言って、ふいに頭を抱えた。

「ホテル建設なんか、本当はどうでもいい。ブリストルでの計画を強く推し進めたのは、ただ、君に会いたかったからだ」

苦しげに言われて、凛音は目を瞠る。顔を上げたディランは、凛音をまっすぐに見据えた。

「突然捨てられて、どうにかして君を忘れようとしたが、無理だった。俺の気持ちは、四年前から今もずっと、かけらも変わっていない。今からでも、君の気持ちを取り戻せるのなら、どんな代償であっても払う。君は今も俺の心臓を掴んだままだ……まだ愛してるんだ、リオン」

切実な声音で言われて、息を呑む。

予想外の言葉に、かあっと全身が熱くなった。

彼の想いに変わりがないと知り、凛音の胸に歓喜と絶望が同時に込み上げた。

「双子は、君と俺との間の子だ。他の誰かがいるんじゃないのなら、せめて子育ての手伝いくらいはさせてくれないか」

「……駄目なんです」

震えそうになる足で立ち上がる。それだけを言うと「ごめんなさい、もう帰ります」と言って、凛音はドアのほうに向かおうとする。

素早く立ち上がった彼が、大股で歩き、ドアの前に立ち塞がる。

「最後に会ったときはわからなかった。だが、今はよくわかる。君が何かに追い詰められて、苦しんでいるってことが」

凜音はぎくりとした。

「君は子供たちに、『ディランはパパじゃない』とは一言も言わなかった。死んだとか、いないとも言わなかったな。誤魔化したり、嘘をついたりできないところは少しも変わっていない。俺が何よりも好きだった、不器用なくらいにまっすぐで、誰よりも綺麗なところだ」

そう言ってから、ディランは凜音の目を覗き込んだ。

「もし、本当に俺のことが迷惑で、二度と会いたくないのなら、そう言ってくれ。『愛していない、もう二度と会いたくない』と」

追い詰められて、凜音は心臓を突き刺されたような気持ちになった。

自分こそ、気持ちは何も変わっていない。今もまだ心から彼を愛しているのに、そんな嘘を言えるわけがない。

かといって、本当の気持ちを告げたら、彼を同じ苦しみに引きずり込むことになる。

「嫌なら噛んでいい」

凜音の背中にぐいと腕を回して、彼が強く引き寄せてくる。

顔を寄せられて、唇を重ねられる。強引な行動とは裏腹の、優しい口づけだった。

四年ぶりのキスに一瞬体が竦み、びりっとした刺激が全身に迸った。

拒まなければと思ったのに、愛しげにそっと唇を吸われると、甘い疼きを感じて頽《くずお》れそうになる。

自分こそ、彼への深い愛情はわずかも消えていないのだと、凛音は改めて実感した。

強張った凛音の体を、彼がきつく抱き締める。

「……アビーに君の居場所を聞いてから、すまないが、すべてのことを調べ上げた」

ディランの言葉にぎくりとする。

「調査結果で、君が俺と別れたあと、引っ越し先で双子を産んだと知ったときは、本当に驚いたよ。ベータだったはずの君がオメガになったと知らされたときも、もちろん驚いたが、そんなことはどうでもいい。君が、他の誰かと浮気をするわけはない。ルイスの写真を見るまでもなく、間違いなく双子は俺の子だとわかったからだ」

彼は真剣な眼差しで凛音を見つめた。

「もちろん、事実がわかってからすぐに会いに行こうとしたが、アビーから『お願いだからリオンを追い詰めないで』と強く頼まれた。リオンは自分とも一定の距離を置こうとしている、もし思い詰めて、双子を連れてどこかに身を隠してしまったらと恐れていたようだ。そう言われると、勝手に押しかけるわけにもいかず、悩んだ末に、ともかくそっと見守るしかなかったんだ……いつでも手助けできるように考えながら、ずっと、君がなぜ俺に別れを告げたのかを考え続けていた」

彼は苦しげに眉根を寄せると言った。

「君がまだ俺を愛していてくれるなら、別れなければならなかった理由は、なんだ？」

どうやら、ディランはまだ、自分たちの血の繋がりまでは気づいていないらしい。そうわかると、凛音の中にかすかな安堵が湧く。

「まさかとは思うが、君が孤児だったという生い立ちを負い目に思って別れようとしたのかとも思った。だが、それなら心配は不要だ。俺の両親にはすでに君とのことを話してあった。母は君との交際のことを知って、婚約も内々で認めてくれていた。父のほうは、最初は渋っていたが、君自身について勝手に詳細な調査を進めて、実は一度大喧嘩にもなったんだ」

ディランは苦い顔になる。名家だから、結婚するときの調査は必須だろうが、まさか交際程度でもそこまで調べられるとは驚きだ。だが、どこまで知られたのだろうと不安になる。

「君の人となりを知ったあとで、父は遺伝子検査までさせたらしい。亡くなる前に、君がオメガだということを俺に伝えて、交際と婚約を認めてくれたよ」

「え……？」

遺伝子検査と聞いて、凛音の体から血の気が引いた。

凛音が彼のロンドンの部屋に滞在した一夜のあと、彼の父はハウスキーパーに命じ、ゴミ箱の中から凛音の髪を探させた。ディランとは髪の色が違うから、見つけるのは容易だっただろう。それを検査に使ったらしい。

「アビーが反対するとも思えないし、障害は何もないはずだ……リオン、どうした？」

ぶるぶると凛音の体が無意識に震え出す。

遺伝子検査をしたのなら、わかってしまったのではないか。

怯えながら「その、検査は……どこまでわかるの……？」と訊ねてみる。

「すべてだ。結婚した場合、言い方は悪いが……俺の遺伝子とのかけ合わせで、障害が出ることはないかとか……ありとあらゆる面から確認された上で、父は君を俺の相手として認めたはずだ」

心配そうな彼が、凛音の様子を気にしながら答える。

ディランの父が依頼した検査で、自分はディランの結婚相手として認めてもらえていた――？

凛音は衝撃を受けていた。自分が信じ込んでいたことが、足元から崩れたような気がしたのだ。

立っていられないほど混乱した凛音を支えて、ディランがソファに連れ戻す。

「リオン、何をそれほどまで動揺しているのか、話してくれ」

ソファに座らされ、隣に座った彼から冷静な声音で問い質されて、どうしていいかわからなくなる。

「君は何に怯えているんだ？」

ディランは手を伸ばし、凜音の両頬を大きな手で包んで自分のほうを向かせる。泣きそうな凜音の額に、頬に、鼻先にと優しく口づけてきた。

「どうして一人で背負い込もうとするんだ。もし、何か恐れることがあったとするなら、どうか俺に共有させてほしい。君と子供たちを失うよりも恐ろしいことなんて、どこにもないよ」

「ディラン……」

激しい混乱の中で、凜音は四年の間、口を噤んできた秘密をすべて彼に打ち明けた。


頭の中を整理しながら、アビゲイルに聞いた自分の生い立ちを話す。

自分が彼と半分血が繋がった叔父と甥の関係であるはずだと伝えると、ディランはさすがに驚いた顔になった。

最後まで聞くと、彼は「話してくれてありがとう」と言って、冷蔵庫からペットボトルを取り出し、凜音に水を飲ませた。

少し凜音が落ち着くのを見てから、ディランはどこか冷静な目で言った。

「イブリンという名前は、聞いたことがあるが……」

彼は失礼、と言い置いて立ち上がると、モバイルを取り出してどこかに電話をかける。

「——もしもし、母さん？」

電話の相手はロンドンにいる彼の母、エミリアのようだ。ディランは凜音にも聞こえるところに立ち、母と話し始めた。

十分ほど会話をしてから、ディランは通話を終えた。自分も冷たい水を飲み、凜音の前まで戻ってくる。凜音は無意識のうちに身を硬くした。

（エミリアは、いったいなんて答えたんだろう……）

彼はまず、凜音と自分の遺伝子検査は信用できるものなのかを確認した。それから、『イブリン』について知っているかを母に訊ねていた。だが、どんな答えかは凜音には聞こえていない。怯えながら、ディランの言葉を待った。

彼は再び凜音の隣に腰を下ろす。

「落ち着いて聞いてほしい。今、母に確認したが、俺たちの遺伝子検査を依頼したのは、確実に信用できる機関だそうだ。一般の検査は受けつけていないところで……まあ、あの気難しい父が婚約の許可を出すくらいだから、そうだろうとは思っていた。ともかく、結論として、俺と君との間に血縁関係はないと断言できる」

凜音は息を呑んだ。

「それから、『イブリン』についても訊くと、母もその存在は知っていた」

エミリアによると、確かに男爵家の娘だった元秘書のイブリンは、一時期ディランの父と交際していた時期があったらしい。だが、イブリンとの関係を清算したあとで、彼の父はエミリアと結婚した。

だが、公爵が結婚して間もなく、イブリンから『あなたの子供ができた』と連絡が入った。公爵は、子供との血の繫がりを確認するため、検査を要求したが、あれこれと理由をつけてイブリンはそれを拒んだ。そのため、密《ひそ》かに手を回して子供のほうを調べさせたところ、公爵の子どころか、イブリンの子でもないことが判明したらしい。

「え……」

凜音は戸惑った。アビゲイルから聞いていた話と違う。

「親子関係を否定する証拠もきちんと残っているそうだ。おそらくは、ソフィーは金をせびるため養護施設から引き取った子だろう。それでも、一時期とはいえ、以前交際していた相手が生活に困窮しているようだったので、父は執事を通じていくばくかの金を渡させたそうだ。だが、それこそが我が子が公爵の子である証拠として、イブリンは『ウィルフォード公爵に子供を認知してもらえなかった』と騒ぎ立てていたらしい」

ディランは苦い顔をしている。

さらに、エミリアの話では、イブリンは公爵と結婚した彼女を目の敵にしていた。エミリアについての嘘のゴシップをマスコミに送りつけ、夫婦仲に亀裂を入れようとしていたらしい。

そんな行動から、貴族の中でもイブリンと関わる者はいなくなった。もちろん、その娘のソフィーもだ。唯一、あまり社交界にあまり興味がなかったアビゲイルだけが、イブリン親子のことを気にかけている状況だったという。

「母が心配していたんだが……アビーは、イブリンに金銭的な支援をしていなかっただろうか？」

「あ……確か、イブリンとソフィーが困っていたとき、できる範囲で助けていたって聞いたかも……」

凛音が記憶を辿りながら言うと、ディランは深くため息を吐いた。

「リオン。もし不安なら、改めて君が納得できる機関で遺伝子鑑定をしよう。だが、状況から判断するに、おそらく父の子を産んだのに捨てられたのだと訴えて金をせびりたいだけのイブリンに、裕福で優しい性格のアビーは……騙《だま》されたんだと思う」

——そういうことなのだろう、と凛音も頭のどこかで思った。

そうとしか、考えられない。

アビゲイルは孤児の自分を引き取るくらいだから、慈善心に篤《あつ》い。育ててもらった自分の目から見ても、涙もろくてすぐ人に親身になってしまうところがあった。それがアビゲイルの素晴らしいところでもあるのだけれど、もし悪辣な人間の手にかかれば、アビゲイルを騙すことなどわけないだろう。

一連の事情を聞いた凜音は呆然としていた。

決してアビゲイルが悪いわけではない。イブリンの行動には顔を顰めるほかないが、彼女はもう亡くなっている。本当は公爵の子でもイブリンの子でもなかったソフィーもだ。

――自分とディランの間には、血の繋がりはなかった。

「じゃ、じゃあ……じゃあ、僕……、ディランと別れなくて、よかったの……？」

ぽつりと言うと、ディランがはっきりと答えた。

「ああ、そうだ」

彼は衝撃のあまり震える凜音の手を取ると、強く握った。

「もし、君との血の繋がりが事実だったとしたら」

顔を覗き込まれて、まっすぐな目で見つめられ、凜音はびくっと肩を震わせる。

「悩んだかもしれないが、それでも、俺の気持ちにはいっさい変わりはなかったと思う。リオン、どうして叔父と甥かもしれないと思ったとき、すぐに俺に教えてくれなかったんだ？　俺が君を捨てるとでも思ったのか？」

苦しそうに言われて、凜音の目から長い間堪えていた涙がぼろぼろと零れた。

「違うんだよ、でも、ぼ、僕……どうしても、言えなかったんだ。子供ができたとき、びっくりしたけど、嬉しかった。君に伝えたら、きっと喜んでくれるはずだって信じていたから……でも、僕たちが近親関係にあるなんて知ったら、君を苦しめてしまうと思って……」

「……まさか、俺のために？　俺を苦しめたくなくて、お腹に子供がいるのに別れようとしたっていうのか？」

ディランは険しい顔になり、絞り出すような声で訴えた。

それは、まだ十九歳だった凜音にとって、身を引き裂かれるような思いで決めた別れだった。

もし、自分がもう少しだけでも、彼のことを愛していなかったら。

すぐにすべてを打ち明けて、きっと一緒に悩めた。けれど、凜音は同じ苦しみの中に引き込むには、ディランのことを愛しすぎていた。

禁忌の血縁を知れば、ディランはきっと深く悩んだだろう。

しかも、もし血縁の事実が明らかになれば、彼は貴族であるウィルフォード公爵家や、社交界から追放されてしまうかもしれない――。

もともと孤児の自分とは違い、生まれてからずっと光の差す場所を歩いてきた彼の人生を狂わせてしまう。

初めて愛した人をそんなふうにして苦しめる決断は、凜音にはどうしてもできなかった。

何が起きても、彼は決して凜音とお腹の子供を見捨てたりはしないとわかっていた。

だからこそ、凜音は双子のことは伏せたまま彼の前から消えるしかなかったのだ。

――それが、ディランにとっても、双子にとっても、最善の道だと思い込んでいたから。

「ごめんなさい、僕……っ」

泣きながら謝罪しようとすると、彼が慌てたように凜音の肩を抱き寄せてきた。

「すまない、リオン。君を責めたわけじゃないんだ。どれだけアビーに止められても、もっと早く会いに来て、事情を訊ねるべきだった」

彼が涙に濡れた凜音の両頰を包み、自分のほうを向かせる。

「リオン、何よりもまず確認させてほしい。君の気持ちは、まだ俺のもとにあるのか？」

言葉が出てこなくて、ただ何度も頷いた。

すぐに大きな手がうなじに回り、顔が近づいてくる。先ほどの遠慮がちなキスとは違い、やや荒々しく唇を奪われた。

「んん……っ」

腰に彼の腕が回ってきて、ぐいと引き寄せられる。ソファに座っていた凜音は、ディランの腕の中に強く抱き締められていた。

咥内に熱い舌が入り込んできて、凜音の竦んだ舌に触れる。愛しげに擦っては舐められているうち、次第にまともに息もできないほど情熱的に搦め捕られる。

唾液を啜られて驚いたが、顔を背けることはできず、凜音は彼の濃密な口づけに翻弄された。

口づけが解けてもディランは凜音を離そうとはしない。抱き竦めて、こめかみに頰にとキスを落としながら、彼が囁く。

「四年間、離れていた分を取り戻させてくれ」

頷こうとして、ふと目に入ったものに、凜音はハッとした。

「その指輪……」

「ああ、これか」

凜音が指差すと、彼は自らの左手の薬指にはまった指輪を見て小さく笑った。ちょっと待っているように言って額にキスをした彼が部屋を出ていく。

ソファに座ったまま待っていると、すぐに戻ってきたディランは、手に濃い色のケースを持っていた。彼は凜音の隣に腰を下ろして、それを開ける。

濃紺の革張りのケースは、上部が両開きになっている。

中は天鵞絨《ビロード》張りのリングケースで、二つの指輪を並べて収められる仕様になっている。

だが、今中に収められているのは一つの指輪だけだ。

「これは四年前、同居する前に君に渡そうと思って誂えさせていたものだ。婚約指輪のつもりだった。俺が今、はめているものと揃いの指輪だ。君に去られたあと、事実を知るまではしまってあった。子供のことを知ってから、いつか必ずこの指輪を渡せる日が来ると信じて身につけていた」

まさか、と思っていた。だが、変わらない想いを伝えてくれた彼が、別の誰かとの指輪をはめているわけがない。

——彼の指輪と対になる指輪は、自分のためのものだったのか。

呆然としていると、ディランが立ち上がる。ソファに座った凜音と向き合って片方の膝を突く。

「だから、この指輪は君のものだ」

「僕……勘違いで、何も言わずに別れを決めて、会いに来てくれたのに、ひどい態度をとってしまった。君を、こんなにもたくさん悲しませたのに……」

自分にはもうこの指輪をもらう資格はない気がして、凜音は躊躇った。

「リオンもアビーも騙されていたんだ。それを言うなら、俺だってすぐに迎えに来られなかった。本当なら、アビーの懇願を押し切ってでも会いに来るべきだった。だが、アビーに強く反対されて、迷った。君の前に現れて、『子供は産んだけど、もう愛していない』と言われることが、何よりも怖かったんだ」

「ディラン……」

苦悩するように言う彼の肩にそっと触れる。

「僕を、許してくれるの？」

彼が端整な顔をくしゃりと歪《ゆが》める。大きな手が、肩に触れた凜音の手の上に重ねられた。

「許すも何もないよ。俺にはそんな資格はない。四年前には戻れないけれど、一生すれ違ったままで終わることを思えば、今、君を取り戻せたことを神に深く感謝しているくらいだ」

彼が凜音の左手を取る。ケースの中に残された指輪を抜くと、薬指にそっとはめた。

お腹に双子がいるときにはさすがにかなり体重は増えたが、その後のあまりの育児の大変さで、あっという間に増えた分以上に減った。

今はほぼ四年前と同じ体重なおかげだろう。白銀の指輪はぴったりと凜音の指にはまった。

「リオン、何度でも言うよ。今も、四年前とひとかけらも変わらずに君を愛している」

揃いの指輪がはまった手を握り、指に口づけると、ディランは凜音を見つめた。

「もう謝罪は不要だ。だから、正直な君の気持ちを聞かせてほしい」

腹の底から熱いものが込み上げてくる。

「ぼ……ぼくも……、僕もだよ……、ずっと、君のことだけ……」

感極まったように言うと、ディランに強く抱き締められる。ソファに乗り上げてきた彼に押し倒された。

「ああ、リオン……！」

仰向《あおむ》けの体勢で、伸しかかってきた彼に激しく唇を奪われる。

「んっ」

入り込んできた舌に口腔を蹂躙《じゅうりん》されながら、大きな手で体中をまさぐられた。もどかしげにシャツのボタンを開けた彼が、身を屈めて凜音の肌のあちこちに唇を押しつける。

「君の匂いだ……」

感嘆したように言いながら、匂いを嗅ぎ、肌を舐められて、凜音は身悶えた。

凜音の首筋から鎖骨、胸元から乳首へと彼の顔が下りてきて、熱を込めて舌を這わせてくる。まるで、体中を舌で味わい、感触を確かめようとでもするかのような行動に、強い羞恥が湧く。

小さな乳首を摘まみ、もう一方を甘嚙みしては舐め回されて、勝手に腰が浮く。どうしようもなくなり、凜音は半泣きで懇願した。

「っ、ディラン……、お願い、そんなに舐めないで……っ」

「すまないが、今は無理だ。四年ぶりなんだ、抑え切れないくらい興奮している」

上擦った声で言い、彼が凜音のチノパンのボタンを外して、下着ごと引き下ろす。

「そんな……」

あっという間に半裸にされた凜音の下腹部では、久し振りのディランとの触れ合いで上を向いた性器が頼りなく揺れている。

「君も興奮していたんだな」

嬉しそうに言って、ディランが身を倒し、凜音の薄い下腹に唇を落とす。いきなり生暖かい口腔に小ぶりな性器を包まれて、凜音は息を呑んだ。

「ん、あぅっ」

最初から根元まで咥え込まれ、きつく吸われた。そうしながら、彼は唇で根元を強く締めつけてくる。強烈な快感で、頭の芯がぼうっとなる。

「いく……、だめ……っ、あ、あぁっ」

尻を捩って嫌がったが、がっちりと彼の手に腰を摑まれていて、逃れられない。

信じがたいことに、凜音はディランの口の中で達してしまった。

呆然としていると「君の可愛い声を聞いていたら、もう限界だ」と言って、彼が凜音の体を抱えてソファーの座面にうつ伏せにさせた。

シャツを脱がされて、自分だけが全裸になってしまう。心許ない気持ちで、凜音が首を捻《ね》じって顔だけを後ろに向けると、背後から伸しかかってきた彼が髪にキスをした。

熱い手で背中から尻へと撫で下ろされ、狭間に指が触れる。体がびくっとなると、なぜかディランの動きも止まった。

「濡れてる……リオン、ここが、すごく濡れているのがわかるか？」

後孔を指で探った彼が、驚いたような声で訊ねてくる。

「あ……っ」

蕾を撫でられて、自分でもそこが滴るほどの蜜で濡れていることに気づき、顔がかあっと熱くなるのを感じた。発情したオメガは、アルファと性行為をする際にだけ、そこが濡れるようになるというのは、診断を受けた病院で説明されていた。

だが、以前に彼に抱かれたときは潤滑剤があったせいか、こんなふうになった覚えはなかったはずなのに。

「……君との間に子ができたとわかったあと、主治医に訊いたんだ。四年前のあのとき、オメガの君は確実に抑制剤の注射を受けていた。アルファである俺のほうも薬を飲んでいた。どちらも、本来なら子ができることはないはずだ。それなのに、抑え切れないほど発情したのはなぜか、と」

彼が何を言おうとしているのかわからず、凛音は黙って続きを待った。

「医師は、こう言った。『互いに深く愛し合うアルファとオメガが行為に及ぶと、ごく稀に、抑制剤の効き目が弱まり、子ができる可能性はある』と。……だから、リオン、あのとき双子を授かったのは、きっとそのせいだと思う」

凛音は泣きそうになるのを堪えた。

「俺は君を離したくないと思っていた。君はベータだと思っていたから、不可能だとは知りながらも、リオンとの間に子供ができればいいとも思っていたんだ。そして……幸運なことに、君も俺を求めていてくれた」

ディランは凛音のうなじに口づけて、耳元で囁く。

「子を授かったのは偶然じゃない。俺たちが、深く愛し合っていたからだ」

断言されて、じわっと涙が溢れる。凛音の視界は潤んで、彼がよく見えなくなった。

妊娠後のオメガ専門医の検診では、治療なしで子ができたのは奇跡だと言われた。

それが、自分たちが深く想い合っていたからなのだとしたら。

これまでの不運や苦難が、彼の言葉で、わずかながらも薄れるような気がした。

「ディラン……」

覆いかぶさってきたディランが優しく頬に触れて、凛音の目元に口づけを落とす。

くちゅっと音を立てて、凛音の後孔を硬い指が辿る。

「ん、ん……っ」

ゆっくりと差し込まれると、彼の太い指を痛みもなく受け入れてしまう。中で蠢《うごめ》かされて、指を二本に増やされると、少し苦しいけれど、溢れるほど濡れているせいか、それほど苦もなく呑み込んだ。

「リオン、君のここは熱くて……指だけでも気持ちがいいくらいだ」

ディランがため息交じりに言い、ぞくぞくとはしたない期待が凜音の中を満たしていく。うつ伏せになっているから気づかれていないと思うけれど、尻の中を弄られて、凜音のものは再び熱を帯びてしまっている。

四年前に、彼の感触を体で教え込まれた。だが、別れてからは、色恋沙汰とはいっさい無縁の暮らしを送ってきた。

別れのつらさからか、欲望を感じることすらなかったのだ。

（また、ディランとこうしていられるなんて……）

まだ夢を見ているような気持ちで、凜音は中を押し開く彼の指に、甘く喘いだ。

「ディラン……もう、だいじょうぶだから……」

羞恥を堪えてねだると、彼がゆっくりと指を引き抜く。身を起こし、慌ただしくシャツとジーンズを脱ぎ捨てる。ぼうっとしたまま背後に目を向けると、彼は小さなパッケージを手に持っている。

臍につきそうなほど反り返った昂りは完全に猛《たけ》っていて、彼の興奮をあらわすかのように先端を濡らしている。それに手早くゴムをはめると、伸しかかってきたディランが凜音の頬に口づけてから囁いた。

「この通り、俺は君を愛しすぎているから……また抑制剤の効果を消して、孕ませてしまうかもしれない」

耳元で自嘲するように彼が囁く。凜音も抑制剤の注射は欠かさず受けているが、彼の主治医の言葉が事実なら、確かにまた子ができてしまうかもしれない。

「そうするときは、たとえば、双子がもう少し大きくなってから……あらゆる意味で、君が欲しいと思ったときに、しよう」

本能では、今すぐに欲しいとねだりたかったが、凜音は堪えた。人生は長いし、彼と四年分の時間を取り戻すのも、まだまだこれからだ。

「……もう何年か、経ったら」と言うと、ディランがホッとしたように笑みを浮かべた。

「じゃあ、それまでは理性を総動員して耐えよう」と決意するみたいに言うから、凜音も思わず笑ってしまった。

彼が硬い性器の先端を凜音の後ろに擦りつける。濡れ切ったそこにじわじわと押し込まれて、凜音は無意識に体を硬くした。

「あ、う……っ」

背後から伸しかかる体勢で、ディランがゆっくりと昂りを押し込んでくる。限界まで押し広げられた自分の中が、久し振りの彼を悦んで受けて入れていく。

苦しいのに全身が歓喜に満たされて、どこもかしこも燃えるように熱く痺れている。

「あ、あっ、ぁ……っ」

最奥まで貫かれ、奥をぐりと硬い膨らみで擦られたときには、凜音は前に触れられないまま蜜を迸らせていた。

体をひくひくさせてぐったりしていると、覆いかぶさってきたディランが、汗の滲んだ凜音のうなじや肩に何度も口づけを落とす。

「挿れただけで、イったのか……？」

嬉しげな声で囁いた彼に、胸元に手を差し込まれて、優しく抱き起こされる。

「ひ、あっ」

ソファーに座った彼の膝に後ろ向きに乗せられる体勢になって、凜音はわずかに身を仰《の》け反《ぞ》らせた。

脱力した体に、いっそう深く硬い昂りを呑み込まされる。

身を捩ろうにも、逞しい腕でしっかりと抱き竦められていて逃げようがない。

「ああ、リオン、何度もこんな夢を見た……また君を腕に抱けるなんて、これは夢だろうか……？」

自分に訊ねるみたいに言って、彼が凜音の体を抱き締めたまま、下から突き上げてきた。

「ひっ、ま、まだ、だめぇ……っ、あ、あぁんっ」

子供を膝に乗せるみたいな格好で、ずんと硬い雄を打ち込まれる。

そうされながら、彼は前に回した手で凜音の敏感な乳首を摘まみ、うなじを甘嚙みしてくる。自分より一回り大きな鍛え上げた男の体にしっかりと捕らえられたまま、達したばかりの体に受け止め切れないほどの刺激を与えられる。凜音は泣きじゃくりながら、ただディランの膝の上で揺らされ続けた。

「あうっ、ああっ、あ、んっ」

尻の奥が怖いくらい濡れて、ぬちゅぬちゅと淫らな音を立てている。彼との結合部から蜜が溢れ出しているのがわかって羞恥を煽る。

深く繋がったまま、揺らすようにして中を刺激される。

「リオン……、信じられないくらい気持ちがいい……君も、感じている？」

かすれた声で訊ねられて、こくこくと必死で頷いた。

「あっ、ひっ、ああっ！」

ふいに耐え切れなくなったのか、腰を強く摑まれて、荒々しい突き上げが始まる。めちゃくちゃに揺さぶられ、敏感な場所を硬いもので擦り立てられて、凜音は声すら出せなくなった。

激しい刺激に翻弄され、再び上を向いていた凜音の前からぴゅくっと薄い蜜が滴り、二人の結合部まで垂れていく。

「リオン……リオン……っ」

動きを止めた彼が、ゴム越しの中で熱いものを迸らせるのがわかった。

ぎくしゃくと顔だけを捻じって、凜音が後ろを向くと、端整な顔立ちに汗を滲ませ、欲

望をあらわにした彼と目が合う。

彼は一瞬泣きそうに顔を歪めて、苦しいくらいに凜音を抱き締めてきた。

「愛してる……もう二度と、俺から離れないで」

懇願するように囁いて、深く口づけられる。

同じ言葉を返そうとした凜音からの答えは、ディランの唇に呑み込まれてしまった。

*

その後、『不安は完全に消し去っておこう』と言って、ディランはヴァレット家の力で最速で鑑定を進めさせた。

そうして、三日後には改めて、ディランと凜音の鑑定結果が出た。

——結論として、二人の間に血縁関係はない、ということが確実となった。

その結果が出たのと同じ頃に、ヴァレット家の専属弁護士と、それから、ディランの母エミリアから連絡が来た。

さらなる調査によるとやはり、イブリンの娘とされたソフィーは、養護施設から引き取った血の繋がりのない子だった。

そして、イブリンを母と信じていたソフィーはその事実を知らずにいたらしい。

ソフィーは学生時代の恋人との間に子ができ、結婚はせずに出産したらしい。イブリンから金を要求されていたソフィーは、持病を抱えながら出産まで休まずに働き続け、体を壊して亡くなったそうだ。だがイブリンは、血の繋がらない孫を育てることなく、ソフィーを引き取った養護施設の前にあっさりと捨てたのだ。

——凜音は、血縁上はイブリンの孫でも、ディランの甥でもなかった。

養護施設で生まれた身寄りのないソフィーの子供だったのだ。

（だから、僕とディランには、血の繋がりがなくて当然なんだ……）

まさかの結果に、ブリストルで集まり、話す場を設けると、アビゲイルは驚愕していた。最初はイブリンの偽りを受け入れ切れなかったようだが、ディランが依頼した鑑定結果を見せると納得し、凜音とディランに泣いて謝罪した。

だが、彼女にはなんの罪もない。身勝手なイブリンの話を信じて、人のいいアビゲイルは翻弄されただけなのだから。


凜音はその後、ディランと時間をかけて話をした。

血縁に関して誤解があったとしても、凜音はそれをすぐにディランに打ち明けていればよかった。

『おそらくはこれから先も、いや、これからこそ、陥れようとか騙そうとか、そういう奴は数え切れないほど近づいてくると思う』

すれ違いを回避するためには、家族同士で信頼し合うことしかない、と言われて、凜音は彼と話し合うことができなかった自分を、改めて深く反省した。

そのせいで、ディランは双子の誕生から三年以上もの貴重なときを見過ごしてしまったのだから。

だが、どれだけ経っても、凜音をどうしても諦められなかったディランは、アビゲイルから、今彼がブリストルに住んでいることを聞き出した。

双子のことを知ったものの、アビゲイルに必死で接触を止められたディランは悩んだ。アビゲイルとの約束もあり、突然会いに行くことはできない。その代わりとして、密かに凜音たちの写真や近況は知らせてもらえるようになったが、それだけで納得できるわけもなかった。

そこで彼は驚いたことに、なんとか凜音との自然な接点を作るためだけに、凜音の住む街に新たなホテルを作るプランを出させたのだという。

そして、雑貨店で働く凜音を街の案内役として選んで接触を試み、彼との時間を作った。ともかく、まずは距離を詰めることから始めて、なんとか話をしようとした——というわけだ。

『ホテル事業はもともと広げるつもりだったから、客の入りがある程度以上見込める場所ならどこでもよかったんだ』とディランは平然と言っていた。しかし、ブリストルが比較的大きめな街だったから幸いだったが、彼はきっと凜音が人里離れたところで暮らしていても、仕事のためのような振りをして接触してきたに違いない。

凜音と双子の存在を知ったあと、彼は三人に会いたい気持ちを抑えながら、着々と冷静に計画を練っていた。

ディランの気の長さとあり得ないほどの財力に、話を聞いた凜音はアビゲイルとともに呆気にとられてしまった。

長い紆余曲折《うよきょくせつ》の末に、二人は誤解を解き、想いを確かめ合うことができた。

雑貨店の面々に、結婚してロンドンに移住することを伝えると、皆驚きつつも盛大に祝福してくれた。双子のことを気にかけてくれたジャクソンは、良かったと涙ぐんで喜んでくれて、凜音も一緒に泣いてしまった。

凜音の最大の悩みは、双子に改めて彼が父親であるという事実と、引っ越しの話をどうするかと深く悩んだ。アビゲイルはロンドン住まいなので、引っ越したほうがむしろ近所になると大喜びだ。双子も喜ぶはずよと言うばかりで、凜音の悩みは一蹴されてしまう。

しかし、落ち着いて話をしてみると、ミアはすでに『もうパパだってわかってるもん』とディランについてはすっかり納得済みで、ルイスも頷いている。どうやら、ナーサリースクールに再婚してパパができた子が何人かいるらしく、そのおかげでディランの存在をすんなり受け入れられたらしい。大変事情がややこしいので、彼が実の父であることや、一緒に暮らせなかった理由は、おいおい話していくことにしようと決める。

さらには泣かれるかと怯えていたが、二人ともが、拍子抜けするほどあっさりとロンドンへの移住にも同意してくれた。

『パパといっしょにすむ！』と言って、ミアもルイスもディランと暮らせる日を今から待ち望んでいる。

ディランとの話し合いの末、来年プライマリースクールに上がるときを区切りに、ロンドンに移り住み、家族で暮らす予定だ。

実は、再会後も、凜音を追い詰めないように少しずつ距離を近づけようと考えていたディランが、唐突に凜音に想いを打ち明けたのには、きっかけがあった。

前日、彼がミアとルイスをあやしていたとき、ミアが『ないしょだけど、これ、リオンの宝物なの』と言って、何やら引き出しを開けて見せた。

そこには、驚いたことに、以前の誕生日にディランが贈った万年筆と腕時計が大切にしまわれていた。さらには、引き出しの一番下には、ディランが詩の授業の際に書いたささいなメモと、それから、押し花にされた一輪の薔薇が日付のメモとともに保管されていた。

――それは、彼が凜音を訪ねてきて『恋人候補にしてほしい』と頼んだとき、渡した薔薇だった。

その宝物たちを見たときに、ディランは凜音の気持ちがまだ自分にあることを確信したというのだ。

会う人ごとにあれこれ話してしまうおしゃべりさに悩んだこともあったけれど、ミアは間違いなく、両親のキューピッドである。

＊

——第八代ウィルフォード公爵がとうとう結婚するという話は、イギリス中の話題となった。

お相手は学生時代からの友人で、バーナード男爵家の養子であるオメガだという。

二人はすでに男女の双子にも恵まれている。一族の資産を受け継ぐことになる長男がいるため、今後、跡継ぎ問題で悩むこともない。

公爵夫妻の結婚式は、二度行われる予定だ。

公にされている結婚式は、公爵一族にゆかりあるロンドンのウェストミンスター寺院で、王侯貴族や関係者を多く招いた盛大なものになる。

そして、その少し前には公爵の伴侶に縁のあるブリストルの小さな教会で、夫妻それぞれの母と、それから伴侶の元勤務先のオーナーとその甥に雑貨店の従業員たち、教会を通じてできた友人に囲まれて、ささやかに行われる予定だ。


「あれ」

淡く光沢のある白のモーニングに身を包んだ凜音は、モバイルを確認して首を傾げた。

「どうした？」と訊ねてくるのは、グレーのモーニングを着たディランだ。今日は少し髪を撫でつけていて、あらわになった美貌が神々しい。

今日二人は、ブリストルの教会で、主に凜音たちが世話になった人を招いて結婚式を挙げる。雑貨店のオーナーであるジャクソンは足が悪く、ロンドンまで来てもらうのは難しい。凜音が残念に思っていたところ、ディランが、『だったらこちらでも式を挙げよう』と言ってくれたのだ。

小さな教会なので控室がなく、今日は家で身支度をしてから、皆で歩いて向かう予定だ。子供たちの支度は今、アビゲイルとディランの母、エミリアが奮闘してくれている。

「今日は任せて！」と二人に言われているので、安心して頼むことにした。

式の準備を済ませた今日の主役二人は、居間で子供たちの支度ができるのを待っていた。

凜音はモバイルを見ながら、声を上げた理由を説明する。

「編集者から、今月Ｗｅｂ掲載する予定の詩が送られてきたんだけど、いつも送ってくる人がいなくて」

「たまたま送らなかったんじゃないか？　もしくは、今月は落選したとか？」

彼がそっと凜音のモバイルを覗き込む。

「ううん、その人は、これまで皆勤賞なんだ。とてもいい作品を書くから、必ず掲載されていて、僕も注目してるんだけど……何かあったのかな」

編集者に問い合わせてみようか、と思っていると、ディランがじっとこちらを見つめていることに気づく。

何か言いたげな目の色に、どうしたの、と訊こうとして、凜音はハッとした。

「……ま、まさか」

「うん。今月は、ちょっと忙しすぎて投稿できなかった」

凜音はあまりの驚きに、言葉も出ないほどだった。

少し照れた顔で笑いながら、彼が告白したところによると、ディランは一度凜音と別れたあと、苦しみながらも思いの丈を詩にまとめていた。

彼はその後も、凜音が関わっている媒体には、すべて目を通していたそうだ。

アビゲイルと約束したから、表立って関わることはできずにいたが、ディランは作るたびに詩を投稿した。凜音は彼の詩だとはまったく知らないまま、ディランの作品に目を留めて褒め、作品が投稿されることをいつも楽しみにしていた、というわけだ。

「どうして、教えてくれなかったの……？」

「言えなかったんだ。だって、あまりにもしつこい男だろう？　捨てられたのに、諦められなくて、詩を投稿するだなんて。だけど、君は俺の詩に心を込めた講評をくれて、それだけでもずいぶん慰められた。ああ、他の投稿者への講評も優しくて、いつもそれを見ては嫉妬していたな」

ディランは恥ずかしいのか、顔を顰めて打ち明ける。

「別れはつらくてたまらなかったけど、詩を通じての関わりがあったおかげで、気持ちが救われていたよ」

ぽつりと言われて、呆然としていた凜音は、胸が痛くなった。

言葉が出なくて、じんわりと視界が潤む。

別れるにしても、もっと傷つけないやり方があったかもしれないのに、あのときの自分は何も考えられなかった。

彼を苦しめたくない一心で、愚かにも誰よりも苦しめる方法を取ってしまった。

——それなのに、ディランは四年間、毎月詩を作り続け、こうして送ってくれていた。

言葉だけではなく、彼がひとときも自分のことを忘れずに、愛し続けていてくれたのだとわかる。

たくさん傷ついただろうに、ディランは凜音を諦めずにいてくれた。

「リオン、目が腫れてしまうよ」

零れた涙をディランが指で拭い、頬に優しくキスをしてくれる。

ごめん、と凜音が囁くと「もう謝らなくていい」と彼は言った。

「世界一綺麗な今日の君を見ていたら、離れていたときのことはもう全部忘れてしまった。埋め合わせは、これからの人生をともに過ごすことでしてもらうよ」とディランは微笑む。

なにもかもを許してくれたディランの心の広さに、凛音は改めて感謝した。

顎を掬い取られて熱っぽく口づけられ、頭がぼうっとなる。

「あっ、パパがリオンにキスしてる‼」

ドアを開けて入ってきたミアが目を輝かせ、大喜びで走ってくる。

アビゲイルたちがずいぶん頑張ってくれたようで、双子は愛らしいドレスとスーツ姿できちんとおめかししている。

ミアのあとからついてきたルイスも満面に笑みを浮かべ「ぼくも！」と言って、両親に思い切り抱きついてくる。

双子と彼が揃っているところを見るたび、凛音は勝手に涙が溢れそうになってしまう。

逃げることしか考えられなかった自分とは違い、希望を持って行動してくれた彼のおかげで、これからは家族で一緒に暮らせるのだ。

追いかけてきたアビゲイルたちに礼を言って「行こうか」とディランが凛音の手を握る。

先を歩く双子たちを見守りながら、二人は手を繋いで家を出た。


――第八代ウィルフォード公爵は、家族の思い出の地だという西部のブリストルに、我が子たちの名を冠したホテルを建てた。

公爵夫妻は子供たちを連れて、新婚旅行をはじめとして何度もこのホテルに足を運んだ。
ホテルの建設によって莫大な金を地元に落とした公爵は、地域の活性化に大きく貢献した。
そばには別邸も建設し、たびたび訪れるヴァレット家の人々は街の名士として感謝され、
ホテルは人々に愛用されて長く親しまれた。

ホテルは代々の公爵がオーナーとなって受け継がれていった。
歴史を刻んでいく館内のあちこちには、建設した当時の公爵が伴侶へ贈った詩や、小説家だったという伴侶の本が、今も大切に飾られている。

END

あとがき

この本をお手に取って下さり、本当にありがとうございます！

今作は現代ものオメガバースで、優しすぎる富豪の御曹司で、アルファのディラン×孤児だったけど養母に引き取られて頑張って生きている、ベータから変化したオメガの凛音の恋のお話です。

地名はイギリスの実在するところが出てくるのですが、受けの凛音はわりと世の中と隔絶された暮らしを送っているので、あんまり都会が出てこず……郊外の静かな田舎町でのんびり暮らしているシーンがほとんどです。それでも、二人がアレックスを連れてデートした古城とか、散歩した港町とか、ルートを考えているだけでもすごく楽しくて、一緒に連れていってもらってわくわくしているアレックスみたいな気持ちになりました（笑）。

イラストを描いてくださった八千代ハル先生、大変素敵な表紙をありがとうございました！　表紙も本文も小さな双子がめちゃめちゃ可愛いです……！　結婚式に向かうシーンのイラストが大好きです。そして、キャララフからディランが超絶カッコよくて痺れました。凛音もイメージにピッタリすぎて、本になるのが今からすごく楽しみです。

担当様、初めてお仕事させていただくというのにいろいろご迷惑おかけしてしまって申し訳ありません、細部まで丁寧に見てくださり本当にありがとうございました！

それから、この本の制作と販売に関わってくださったすべての方にお礼を申し上げます。

最後に、読んでくださった皆様、本当にありがとうございました！　ご感想などありましたらぜひぜひ教えてくださるとうれしいです。

今年はこの本で〆かなと思います。来年も一作ずつ、少しでも楽しんでいただけるようにせいいっぱい頑張って書いていけたらと思っています。

ではでは、また次の本でお会いできることを願って。

二〇二三年十月　釘宮つかさ【@kugi_mofu】

本作品は書き下ろしです

釘宮つかさ先生、八千代ハル先生へのお便り、
本作品に関するご意見、ご感想などは
〒101-8405
東京都千代田区神田三崎町2-18-11
二見書房　シャレード文庫
「貴公子アルファと愛されオメガ～運命の恋と秘密の双子～」係まで。

CHARADE BUNKO

貴公子《きこうし》アルファと愛《あい》されオメガ～運命《うんめい》の恋《こい》と秘密《ひみつ》の双子《ふたご》～

2023年12月20日　初版発行

【著者】釘宮《くぎみや》つかさ

【発行所】株式会社二見書房
東京都千代田区神田三崎町2-18-11
電話　03(3515)2311［営業］
　　　03(3515)2313［編集］
振替　00170-4-2639
【印刷】株式会社 堀内印刷所
【製本】株式会社 村上製本所

落丁・乱丁本はお取り替えいたします。
定価は、カバーに表示してあります。

ISBN978-4-576-23137-2

https://charade.futami.co.jp/

CHARADE BUNKO

今すぐ読みたいラブがある！

安曇ひかるの本

甘い……匂いだ

アルファな敏腕マネージャー様のわかりにくい過保護な溺愛について。

イラスト＝らくたしょうこ

冴島賢悟にスカウトされた時、神林拓真は恋に落ちた。一回り年上の業界屈指の冷徹敏腕マネージャー、拓真を正しく導いてくれる指針だ。アルファとオメガなのに単なる「担当俳優」のまま。いっそ運命の番なら…そう願ってやまないある日、冴島が五歳の息子を男手で育てていると知る。しかも拓真の大ファン!?